Heinz-Lothar Worm (Hrsg.)

Alte hessische
Weihnachtsgeschichten

BRUNNEN

VERLAG GIESSEN · BASEL

FSC

Mix

Produktgruppe aus vorbildlich
bewirtschafteten Wäldern und
anderen kontrollierten Herkünften

Zert.-Nr.GFA-COC-1278
www.fsc.org
© 1996 Forest Stewardship Council

Die Rechtsnachfolger der Autoren konnten nicht in allen Fällen
ermittelt werden. Der Verlag dankt für Hinweise.

© 2007 Brunnen Verlag Gießen
www.brunnen-verlag.de
Lektorat: Eva-Maria Busch
Umschlagfoto: Corbis, Düsseldorf
Umschlaggestaltung: Ralf Simon
Satz: DTP Brunnen
Druck: Ebner und Spiegel, Ulm
ISBN 978-3-7655-1967-3

Inhalt

MATHILDE VON ESCHSTRUTH

Der Kinder Weihnachtsgabe

Hans, ein Knabe von zehn, und Marie, ein Mädchen von acht Jahren, lebten mit ihren Eltern und Geschwistern in einem kleinen Häuschen auf dem Lande. Ihr Vater war ein geschickter und fleißiger Schreiner; aber trotz all seiner Geschicklichkeit und trotz all seines Fleißes verdiente er nicht genug, die Ausgaben des Haushalts zu bestreiten. Auch die Mutter musste hierzu helfen, sie musste arbeiten und Geld verdienen – denn nur so war es der Familie möglich, wenn auch nur einfach, so doch ehrlich durchs Leben zu kommen.

Da wurde nun zum Unglück die Mutter krank, ihr Verdienst hörte auf; die Arzneien und die kräftigen Speisen, welche der Arzt verordnete, um gesund zu werden, waren teuer. Der Vater musste ein Stück seiner Habe nach dem anderen verkaufen, zuletzt auch seine Hobelbank und die Werkzeuge, mit denen er in den von der Fabrikarbeit freien Stunden gearbeitet hatte, um mit dem Erlös das Notwendigste für den Unterhalt zu bezahlen. Und als es dann immer noch nicht besser ging mit der Mutter, musste er zuletzt gar eine Schuld auf sein Häuschen nehmen, die ihn bitter drückte, denn er sorgte sich sehr, dass er sie nicht bezahlen könnte.

Endlich wurde die Mutter wieder gesund, jedoch arbeiten konnte sie wenig. Armut und Not zogen jetzt in der Familie ein. Die Eltern gingen oft hungrig zu Bett, die Kinder mussten mit einem Stückchen trockenen Brotes und einer Tasse dünnen Kaffees zufrieden sein. Hans und Marie gedachten gern der früheren, besseren Zeit, und wenn sie andere Kinder mit einem Butterbrot, einem Stück Kuchen oder einem Apfel in der Hand sahen, so wünschten sie wohl auch, die Eltern möchten etwas mehr Geld haben. Mehr aber noch als dies tat es ihnen leid, namentlich der Marie, dass der Vater so traurig und die Mutter so kummervoll waren.

Eines Abends kauerte Marie auf dem kleinen Bänkchen neben dem Ofen, die Eltern saßen am Fenster, es war dunkel im Zimmer.

„Wenn du nur ein wenig heiter sein wolltest", sagte Frau Martin zu ihrem Mann.

„Wenn ich nur meine Hobelbank und mein Werkzeug wiederhätte, dass ich damit neben der Fabrikarbeit etwas verdienen könnte wie sonst!", seufzte er.

Auch die Mutter seufzte. „Wir wollen noch mehr sparen", sagte sie leise.

„Noch mehr", wehrte der Vater. „Wenn wir auch hungern wollten, die Kinder dürfen es nicht, und was ich habe, reicht kaum aus, sie satt zu machen. Und", fuhr er fort, „wenn wir bis zum nächsten Jahr unsere Schuld nicht bezahlen, so nehmen sie uns unser Häuschen und wir wissen nicht, wohin wir gehen sollen."

Wieder seufzte die Mutter, dann sagte sie sanft: „Lass uns auf den lieben Gott vertrauen, er hilft schon!"

„Aber wie?", fragte von Neuem ungeduldig der Vater.

„Seine Macht ist groß, er kann das kleinste Ding so lenken, dass es uns Gutes zu bringen vermag."

„Möchte er das tun", sagte Jakob Martin, „und bald!"

Die kleine Marie auf ihrem Bänkchen hatte die Klage der Eltern gehört, und die Worte der Mutter kamen ihr nicht aus dem Sinn. Lange noch lag sie am Abend wach in ihrem harten Bettchen und wünschte, dass es ihnen besser gehen möchte. Zuletzt fiel ihr ein, dass sie selbst – obwohl ja nur ein kleines Ding – am Ende doch auch ein Mittel werden könnte zur Hilfe der Eltern in ihrer Not. Mit dem Gedanken schlief sie ein, und am anderen Morgen wachte sie damit auf und nahm sich vor, alles zu tun, was nur in ihrer kleinen Kraft stünde, um den Eltern zu helfen.

Die Kinder gingen zur Schule.

„Hans", begann Marie unterwegs, „der Vater quält sich und die Mutter sorgt sich so sehr; wenn wir nur etwas tun könnten, dass sie wieder heiterer würden!"

„Ja, Marie, das wäre schön!"

„Möchtest du es wirklich, Hans?"

„Natürlich", versicherte er. Sein Fuß stieß dabei an einen Kiesel, der auf dem Wege lag, dass der Stein in den kleinen Bach sprang, der unten am Abhang vorbeifloss.

Dann wanderten Hansens Schulbücher aus dem rechten Arm in den linken – jetzt kraulte er sich hinter dem rechten Ohr. „Aber wir können nichts tun, Marie, wir sind Kinder."

Marie schwieg und sie gingen weiter. „Hans", begann sie nach einer Weile von Neuem und hielt den Bruder am Rockzipfel fest, „erinnerst du dich noch der Fabel von dem Eichhörnchen, welche uns der Lehrer vor ein paar Wochen erzählte?"

Hans erinnerte sich nicht daran.

„Sie ist aus Indien."

„Indien, ach, das ist da hinten in Asien." Das erinnerte Hans, der bereits Geografie lernte und in der alten Welt schon Bescheid wusste, was er gern zeigte.

„Ja – aber die Fabel vom Eichhörnchen …"

Die wusste Hans nicht mehr. Das Eichhörnchen interessierte ihn nur im Wald, nicht in Geschichten und Fabeln.

„Ich hab's", rief das kleine Mädchen fröhlich, „ich werde sie dir erzählen."

„Dann mach schnell, es ist gleich sieben Uhr", drängte Hans, und ein anderer Stein, von seinem Fuß gestoßen, sprang in das Wasser und zog seine Kreise wie der erste. „Das ist hübsch!", rief der Knabe fröhlich.

„Nun, dann höre", und das kleine Mädchen hielt den Bruder fest, dass er aufmerken sollte, und erzählte: „Es war einmal ein Eichhörnchen, dem hatte der Sturm seine Jungen in das Meer geschleudert, und es wollte sie gern wiederhaben. Da tauchte es sein Schwänzchen in die Wellen und begann das Wasser auf das Land zu spritzen und hoffte, es könnte so das Meer austrocknen. Es wurde aber nur ausgelacht von denen, die es sahen, weil es so klein und ohnmächtig war und das Meer so groß und weit. Selbst Indra -"

„Wer ist denn Indra?", fragte Hans.

„Einer von den indischen Göttern", erklärte Marie, „also, selbst Indra lachte. Aber zuletzt wurde er gerührt von der Liebe, dem Eifer und dem Fleiß des kleinen Tieres, sodass er ihm half. Er ließ das Meer zurücktreten und die Jungen kamen an das Land."

„Und nun?"

„Nun", fuhr Marie fort, „der Lehrer sagte, wenn wir etwas von ganzem Herzen zu tun wünschen, wenn wir mit all unseren Kräften dafür wirken – und es sei etwas Gutes, dann helfe es uns auch wohl der liebe Gott vollbringen. Ich meinte, es fiel mir so ein dabei", erklärte Marie, „wenn wir von ganzem Herzen den Eltern helfen wollten, dass wir es auch wohl könnten."

„Das wäre schön!", rief Hans. Er blickte freudig die kleine Schwester an. „Was sollen wir denn tun?", fragte er.

Da wurde nun Marie wieder kleinlaut, sie senkte das

Köpfchen. „Ich weiß es nicht, Hans; ich glaubte, das wüsstest du."

Hans aber kraulte sich wieder hinter dem Ohr und schüttelte den Kopf.

Marie traten die Tränen in die Augen. „Weißt du denn gar nichts, Hans?", klagte sie.

Und Hans taten die Eltern und die Schwester leid. „Wir wollen die alte Katherine fragen, die wird Rat wissen", schlug er vor.

Da lächelte Marie getröstet. „Du bist doch klug, Hans, viel klüger als ich", antwortete sie freundlich.

„Natürlich", erklärte er ganz stolz, „ich bin ja zwei Jahre älter als du – und ein Junge."

So gingen sie zur Schule.

Die Katherine war eine alte Frau, die ein wenig entfernt vom Dorfe wohnte. Mann, Kinder und Geschwister waren ihr gestorben, sie lebte ganz allein in ihrem kleinen Häuschen, aus dem sie nur herausging, wenn sie eine Besorgung zu machen hatte oder jemandem einen Dienst leisten konnte.

Da sie aber sehr klug und auch gut war, gingen die Leute zu ihr, wenn sie irgendeinen Rat oder Trost brauchten. So war die alte Katherine, obwohl sie allein lebte, selten allein und niemals verlassen, und obwohl sie arm war, stand sie doch in großem Ansehen bei Alt und Jung, denn jedermann hatte sie lieb.

Die alte Katherine saß in ihrem Stübchen und spann; ein großer, grauer Kater stand auf dem Fenstersims neben dem Wasserkrug und machte einen Buckel, sein Schwanz ringelte sich hoch in die Höhe, die Sonne, welche durch die Scheiben schien, tat ihm wohl. Eine andere große bunte Katze schmeichelte um die Knie der alten Frau und schnurrte mit dem Spinnrad um die Wette; ein paar kleine Kätzchen kugelten sich spielend auf dem reinlichen, mit Sand bestreuten Boden des Zimmers herum, gerade da, wo die Sonnenstrahlen hinfielen. Die Katherine hatte heute Morgen keine andere Gesellschaft als ihre Katzen, sie schaute still und zufrieden hinter ihrem Spinnrocken deren Spielen zu.

Da klopfte es an. „Herein!", rief die Katherine. Hans und Marie traten ein, eilten auf sie zu, schmiegten sich an die alte Frau, erzählten ihr, was sie sich vorgenommen hatten zu tun und baten sie, ihnen dabei zu helfen. Ja, sie waren so eifrig in ihrem Vorhaben und ihrem Bitten, dass sie gar nicht einmal die Katzen, ihre Lieblinge, beachteten, dass weder Peter auf dem Fensterbrett noch Mieze und ihre Jungen wie gewöhnlich gehätschelt und gestreichelt wurden.

Aber gerade das gefiel der alten Katherine. Sie nahm Marie auf den Schoß, fuhr mit der Hand über Hansens Flachskopf, schaute sie beide an und sagte bedächtig: „Ja, Kinder, eure Eltern brauchen vor allem eine hübsche Summe Geld, und Geld kann man nur geschenkt bekommen oder verdienen."

„Ich wollte, es schenkte uns jemand!", rief Hans.

„Versuch es einmal", riet ihm die alte Katherine, „geh in die Stadt, bettele von Haus zu Haus."

„Nein", wehrte der Knabe ab, „da würde ich mich schämen."

„Nun, dann müssen wir versuchen, es zu verdienen", erwiderte die alte Frau. „Das geht nur mit Arbeiten."

„Wir sind Kinder und können noch nicht arbeiten ...", sagte Hans und machte ein schiefes Gesicht.

Marie aber schlang die Ärmchen um den Hals der alten Frau und schmeichelte: „O bitte, bitte, Katherine, wir wollten alles tun, was wir können, du wirst schon etwas wissen. Sag es nur, Katherine."

Die alte Frau nickte. „Wollt ihr das wirklich? Auch du, Hans?"

„Natürlich", antwortete dieser.

„Nun, dann wird sich auch etwas finden; ich habe schon einen Plan."

Und die alte Katherine erzählte, dass sie früher vom Frühjahr bis zum Herbst in den Wald gegangen wäre, Blumen und Beeren zu lesen für die Leute in der Stadt, dass sie aber jetzt zu alt geworden, um sich zu bücken, wie das hierzu nötig sei; sie meinte, die Kinder möchten für sie lesen, dann wollte sie auf des reichen Michels Wagen, der jede Woche zweimal zum Markt kutschierte, in die Stadt fahren und hier die Blumen und Beeren verkaufen. Die Hälfte von dem dafür gelösten Gelde sollte dann den Kindern für ihre Arbeit gehören. „Seid ihr das zufrieden?", fragte sie.

„Ja", erklärte Hans, „das geht!"

Und Marie jubelte auf: „O wie schön, wie schön! Danke, Katherine, wir wollen gleich anfangen!"

Die Katherine aber lachte. „Nein, noch geht es nicht", wehrte sie, „noch liegt Schnee, aber in vier Wochen, dann kommen die Schneeglöckchen und die Veilchen, wenn ihr euch bis dahin nicht anders besonnen habt …"

„O Katherine!" Hans tat ganz beleidigt und die kleine Marie versicherte: „Ich werde nichts vergessen, was den Eltern Freude macht; wir wollen früher gar nicht etwas davon sagen, bis wir die ganze Summe zusammenhaben."

Da war Hans zufrieden und auch die Katherine nickte; sie meinte aber, wenn sie die Hälfte der Summe im Sommer verdienten, wäre das am Ende auch schon recht viel.

Froh und vergnügt gingen die Kinder nach Haus; froh und vergnügt wahrten sie ihr kleines Geheimnis und wenn die Eltern sorgenvoll beisammensaßen, nickten sie einander zu und lächelten einander an, denn sie wollten ja schaffen, dass es besser werde für sie. Und jeden Morgen sahen sie auf die Berge, ob der Schnee noch lag, nach dem Himmel, ob die Sonne herauskam, ohne die, wie sie gelernt hatten, kein Blatt und keine Blüte, gar nichts auf Erden gedeihen kann.

Endlich, endlich schwanden die grauen Winterwolken, der Himmel lachte in heiterem Blau auf die Erde nieder, die Sonnenstrahlen schienen ganz warm, dass es Hans und Marie in den Winterkleidern, die aus einem alten, dicken Rock des Herrn Pastors gemacht waren, ordentlich heiß wurde. Der Schnee ging von den Bergen, der Wald schimmerte in lichtem Grün, die Hecke um den kleinen Garten an der Eltern Häuschen trieb braune Knospen.

„Es ist Zeit", sagte die Katherine den Kindern.

Und am ersten Nachmittag wanderten sie hinaus in den Wald. Hans freilich hätte gerne mit dem Ball geschlagen auf dem großen Platze, wo die Dorfjugend das schöne Frühlingswetter zum fröhlichen Spiel nutzte. Er blieb auch manchmal stehen, schaute sehnsüchtig nach den bunten Bällen hin, die so lustig in der Luft flogen, oder horchte auf das Jauchzen und Rufen der Kinder, das sie lange noch auf ihrem Weg hörten, dann aber zupfte ihn Marie am Arm und er ging weiter mit ihr.

Nun waren sie in dem Wald. Ganz so schön wie im Sommer sah es hier freilich nicht aus. Die Bäume waren noch kahl, die Gräser guckten nur erst aus der braunen Erde, die Wege waren schmutzig und nass. Die Kinder mussten sich in Acht nehmen, dass sie nicht hinfielen. Aber die Luft war köstlich frisch und Schneeglöckchen sahen aus dem dunklen Boden hervor; hin und wieder schon duftete süß ein frühes Veilchen auf des Waldes Grund. Aber einzeln nur standen die kleinen Blumen und die Kinder mussten emsig suchen. Da hatte wieder Marie ihre liebe Not mit Hans, der bald hinter einem Vogel, bald hinter einem Eichhorn herlief und gar meinte, er könne sie fangen oder ihre Nester finden. Aber sie brachte ihn doch dazu, fleißig zu sein, und am Abend – es war freilich schon dunkel, als sie nach Hause kamen – vermochten sie der alten Katherine eine ganz ansehnliche Menge von Blumen zu bringen.

„Ihr kommt spät", mahnte die Mutter, als sie endlich heimkamen.

„Lass die Kinder spielen", erwiderte der Vater, „der Ernst des Lebens kommt früh genug und die Zeit, wo sie nur die Arbeit kennen um das tägliche Brot."

Und da schwiegen sie denn still; aber ihr Abendbrot schmeckte ihnen so gut, wie noch nie im Leben, wenn es auch nur aus Kartoffeln und Salz bestand. Als sie dann in ihrem Bettchen lagen, und Hans die wollene Decke fest um die kleine Schwester schlang, dass sie nicht frieren sollte in der kalten Frühlingsnacht, da meinte er: „Es ist doch besser, dass wir gearbeitet anstatt gespielt haben, obgleich – die Bälle flogen so schön, Marie – o, ich spiele so gern." Da fielen ihm dann die Augen zu.

Die kleine Marie aber faltete ihre Hände und betete: „Lieber Gott, ich danke dir, dass ich etwas habe tun können für meine Eltern; wenn du uns hilfst und wir fleißig sind, dann wird es uns auch wieder besser gehen, wir werden wieder spielen können, so viel wie andere Kinder auch."

Am nächsten Abend kam die Katherine von der Stadt zurück. Sie hatte gute Geschäfte gemacht, die Leute hatten die frischen Blumen, die noch so selten waren, gern gekauft. Sie gab den Kindern drei kleine Silbermünzen, jede zu fünfzig Pfennige. „Wie viel ist es, Hans?", fragte sie.

Hans sann eine Weile nach. „Eine Mark und fünfzig Pfennige. Hurra! Das ist viel!"

Marie lachte auch und freute sich ob der schönen blanken Silbermünzen. „Wie viele müssen wir von ihnen noch haben?"

„Ein paar hundert wohl", erwiderte die Katherine.

„O, das ist viel!", rief Hans traurig und senkte den Kopf.

„Da müssen wir fleißig sein", sagte Marie.

„Dazu brauchen wir einen ganzen Sommer und haben keinen freien Mittag zum Spiel", klagte der Knabe.

„Kann schon sein", nickte Katherine.

„Aber Hans, du hilfst doch", bat das kleine Mädchen, als es des Bruders klägliche Miene sah.

„Ich werde dich doch nicht im Stich lassen!"

„Das ist schön!", jubelte Marie. „Zu Weihnachten sind wir fertig, dann schenken wir den Eltern das Geld und sie werden wieder heiter." – Marie tanzte vor Freude in dem Stübchen der alten Frau herum.

„Juchhe!", rief Hans, wie er es von den jungen Burschen, wenn sie beim Tanz recht vergnügt waren, gehört hatte; wie diese es taten, warf er seine Mütze in die Höhe, dass sie bis zur Decke flog.

Dann gaben die Kinder der alten Katherine das Geld zum Aufbewahren und gingen vergnügt nach Hause.

Von nun an wanderten sie jeden Mittwoch und Sonnabend, wenn sie keinen Nachmittagsunterricht hatten, oft auch am Sonntagmittag, in den Wald. Und als die Schneeglöckchen ausgeblüht hatten, da blieben noch immer die blauen Veilchen, und zu ihnen kamen noch die Primeln mit ihren goldgelben Kronen auf hohen Stängeln, auch Himmelsschlüssel genannt, und dann die Maiblumen mit den weißen, duftigen Glocken, die jedermann liebt. Und als der

Frühling mit seinem Blühen vorüber war, da kam der Sommer mit seinen Früchten. Rot leuchteten die würzigen Erdbeeren unter Gras und Blättern; dann später, in noch dunklerem Rot prangend, kamen die Himbeeren an hoher Staude, die blauschwarzen Brombeeren mit ihren kugeligen Köpfen, und zuletzt gab es noch Pilze und Schwämme, unscheinbar an Farbe, aber köstlich von Geschmack und gesucht für die Tafel der reichen Leute.

So bot der Wald ziemlich den ganzen Sommer lang etwas für fleißig sammelnde Hände, wenn auch das Sammeln und Geldverdienen nicht immer so glattging wie das erste Mal. Zuweilen war das Wetter schlecht und die Mutter verbot das Ausgehen; dann mussten die Kinder zu Hause bleiben. Zuweilen gab es auch wenig von dem, was sie suchten, oder es war ihnen jemand zuvorgekommen auf den bekannten Plätzen, und Blumen und Beeren waren gepflückt. Sie mussten mühsam herumlaufen, bis sie andere fanden, ihr Körbchen zu füllen.

Hans warf mehr denn einmal an solchen Tagen als ungeduldiger Knabe sein Körbchen fort und „wollte nicht mehr …" Marie hatte dann ihre liebe Not mit ihm, und erst wenn sie ihn recht lebhaft erinnerte, wie sie sich an dem Gelde, das die Katherine zu ihrem kleinen Schatze gelegt, gefreut hatten, wie sie sich erst freuen würden, wenn die Eltern glücklich wären, wenn sie ihn dann recht schön bat, geduldig und fleißig zu sein, „wollte" er wieder.

Zuweilen kam auch die Katherine zurück und hatte nicht alles verkauft; die Blumen wurden welk und die Beeren faul bis zum nächsten Markt; zuweilen hatte sie sehr wenig Geld bekommen und die kleine Summe schien kaum größer geworden. Dann wurden sie wohl auch verzagt, Marie weinte sogar manchmal. Die alte Frau tröstete sie aber und sagte:

„Man muss nicht gleich den Mut verlieren, alles ist mühsam zu erreichen auf der Welt; aber wer ausharrt, der gewinnt am Ende!" Dann wurden die Kinder wieder guten Mutes und begannen von Neuem ihr Werk mit frischer Freude.

So kam der Herbst. Die Blätter fielen von den Bäumen, aber auch andere gute Dinge: Eckern für die Menschen, Eicheln für das Vieh. Und die Katherine bat den Förster, dass die Kinder auch hiervon sammeln dürften; sie sammelten fleißig und bekamen von den reichen Bauern oft einen Pfennig.

Aber nun wurde es kalt; es gab im Wald nichts mehr, was man sammeln konnte, als welke Blätter, die aber wollte niemand bezahlen. Die Kinder schauten fragend die alte Katherine an; sie hatten ganze dreißig Mark verdient, aber es fehlten noch andere dreißig, die Schuld auf ihrem Häuschen zu bezahlen, und – sie wollten ja auch dem Vater neue Werkzeuge kaufen.

Wieder sorgte die Katherine für einen Rat. „Wer arbeiten will, der wird auch etwas finden", sagte sie, und es fand sich auch etwas.

Auf dem Gute nicht weit von dem Dorfe wohnte ein reicher Mann, der Baron von Holm. Er hatte Kinder und hielt ihnen eine Kindergärtnerin, die sie unter anderem auch hübsche Handarbeiten lehrte.

Die Kindergärtnerin hatte der Katherine, die ab und zu auf das Schloss – so hieß das Haus auf dem Gute – kam, sich hier eine Suppe oder ein Stückchen Braten zu holen, gesagt, dass man diese Arbeiten in der Stadt verkaufen könne. Als nun die Katherine das nächste Mal auf das Schloss ging, fasste sie sich ein Herz und erzählte der Herrschaft von Hans und Marie, wie diese, um ihren Eltern zu helfen, gearbeitet hätten, den ganzen Sommer lang, und gerne noch arbeiten möchten, wenn sich nur noch etwas fände. Dann bat sie die Baronin, dass sie ihrer Kindergärtnerin erlauben sollte, Hans und Marie etwas zu lehren, dass sie im Hause arbeiten konnten, da es draußen im Freien nichts mehr für sie gäbe.

Die Baronin war so erfreut über die Liebe und den Fleiß der armen Kinder, dass sie es gern tat; ja sie erbot sich sogar, ihnen das zu den Arbeiten notwendige Material zu schenken. Zuletzt sagte sie, die Kinder, die jedenfalls artig wären, möchten auf das Schloss kommen und mit ihren Kindern lernen.

Freudestrahlend teilte Katherine ihren Schützlingen die gute Nachricht mit. Die mussten nun die Mutter in ihr Vorhaben einweihen, denn sie musste doch um den Besuch im Schlosse wissen und denselben erlauben. Frau Martin hatte längst bemerkt, dass Hans und Marie irgendeine Überraschung planten; da sie aber wusste, dass sie beide gute Kinder waren, auf die sie sich verlassen konnte, hatte sie nicht danach gefragt, um ihnen nicht den Spaß zu verderben. Nun erfuhr sie doch davon, und die Kinder waren ganz traurig darüber.

Die Mutter aber küsste sie herzlich. „Seid nur vergnügt", sagte sie, „ich freue mich so jeden Tag mit euch auf das Fest, wir überraschen den Vater zusammen." Das war nun freilich ein Trost, Marie trocknete ihre Tränen und Hans hörte auf zu schmollen.

Nun gingen die Kinder auf das Schloss. Es war ihnen anfangs recht beklommen zumute in den hohen Räumen; sie wurden verschüchtert von all der nie gesehenen Pracht; sie schämten sich in ihren geflickten Röcken vor den reichen Kindern mit den schönen Kleidern; ihre Gesichter glühten vor Verlegenheit; die Tränen, die nicht aus den Augen fallen sollten, blieben ihnen im Hals stecken und taten hier so weh, dass sie kaum zu antworten vermochten auf die Fragen der Baronin und des Fräuleins. So wurde ihnen der erste Mittag recht sauer. Doch – es war für die Eltern, und sie hielten aus. Nur der Katherine klagten sie am Abend ihr Leid und die wusste auch Rat für diese Not.

„Schämen … wer wird sich denn schämen!", verbot sie das Klagen. „Es kann nicht lauter reiche Leute mit schönen Kleidern geben in der Welt; das hat auch der liebe Gott nicht haben wollen, sonst würde er gleich nur solche gemacht haben; aber brav sein, lernen, arbeiten, das können sie wohl alle. Nur wenn ihr nicht brav seid, nicht lernt und nicht arbeitet, dann müsst ihr euch schämen – sonst nicht."

Da wurden sie beruhigt und getrost, sie schämten sich gar nicht mehr, gaben Antwort, wenn man sie fragte, lernten und arbeiteten tüchtig, dass sie bald ebenso geschickt mit all den kleinen Handwerkszeugen, die sie nötig hatten zu ihrer Arbeit, umzugehen wussten wie die Kinder im Schloss.

Es dauerte nicht lange, so hatte Marie schon ein hübsches Kissen gestickt, und Hans verstand es, nette Kästchen und Schachteln von Pappe zu machen.

Die Baronin und das Fräulein hatten ihre Freude an den fleißigen Kindern und gewannen sie lieb; der Sohn und das Töchterchen des Hauses nannten sie ihre Freunde; sie selbst fühlten sich jetzt ganz wohl und behaglich auf dem Schloss und gingen gern zu den Stunden hin. Freilich, lieber noch gingen sie zu der alten Katherine.

Da saß es sich so schön abends im trauten Stübchen bei der Lampe; das Spinnrad der alten Frau schnurrte, und mit ihm schnurrten Peter und Mieze um die Wette; das Wasser zum Kaffee sang in der Ofenröhre; ein paar Äpfel, die hier zum Braten lagen, brutzelten mit lockendem Duft. Wenn dann die aufgegebene Zahl der Arbeit für Frau und Kinder vollendet war, wurden der Kaffee getrunken und die Äpfel verzehrt. Katherine erzählte Märchen, eins immer schöner als das andere: vom Rotkäppchen, das wieder aus dem Wolf hervorkam; vom Schneewittchen, das wieder lebendig wurde; vom Dornröschen, das wieder aufwachte mit dem ganzen Schloss; von der Königin, welche die Nesselhemden webte, damit die sieben Rabenbrüder wieder Prinzen wurden. So gingen die Abende und mit ihnen ein Teil vom Winter hin.

Weihnachten war auf diese Weise nahegekommen. Hans und Marie hatten tüchtig gearbeitet; Leo und Augusta hatten den Freunden hin und wieder eine der eigenen Arbeiten geschenkt: So waren die Kinder in den Besitz von wunderhübschen Schächtelchen gelangt. Da gab es prächtige Rahmen für Kalender und Bilder, Teller und Hütchen für Lampen, Halter für Uhren und Bürsten, Körbchen, Visitenkarten-Kästchen und Schachteln, kurz, alle möglichen hübschen Dinge.

Die Kindergärtnerin packte alles ein und schickte es zum Weihnachtsbazar in der Stadt zum Verkauf. Am letzten Tag vor Weihnachten traf eine Summe von sechzig Mark ein, als Erlös der verkauften Arbeiten.

Wer war glücklicher als Hans und Marie! Sie sahen schon Christlichter brennen auf jedem Baum, auch wenn noch niemand welche angesteckt hatte. Sie stürmten jubelnd zur Mutter, jubelnd zur Katherine und von dieser wieder nach Haus; sie konnten sich kaum meistern und es war recht gut für ihr Geheimnis, dass der Vater den ganzen Tag abwesend war und erst spät am Abend nach Hause kam.

Am nächsten Morgen gingen sie dann mit der Katherine in die Stadt zum Schreiner, eine Hobelbank und Werkzeug für den Vater zu kaufen. Aber o weh – dafür langte denn doch das Geld nicht. Sie weinten.

„Es wäre doch so schön gewesen", seufzte das kleine Mädchen, „wenn wir genug gehabt hätten. Nun müssen wir noch einmal zu arbeiten anfangen. Nicht wahr, Hans?"

„Ach Marie, ich möchte nun auch wieder spielen", seufzte der. „Lassen Sie es uns doch billiger, Herr Klein", bat er den Schreiner.

Diese Worte hörte ein Herr, der sich gerade im Laden befand. Er hatte sich schon im Stillen über den Einkauf der Kinder gewundert und erkundigte sich jetzt nach ihren Verhältnissen. Katherine erzählte ihm deren Geschichte – wie sie nun geglaubt, ganz am Ziel zu sein, dass aber ihr Geld doch nicht reichte, um die Schuld, welche auf dem Häuschen stände, zu bezahlen und Werkzeug für den Vater zu kaufen, sodass nun doch ein bitterer Tropfen in ihre Weihnachtsfreude gekommen sei.

„Würdest du denn noch einmal ein Jahr arbeiten, mein kleines Mädchen, um dem Vater eine Freude zu machen?", wandte sich der Herr an Marie.

„O gewiss", antwortete diese; „es ist nur so traurig, dass er noch so lange warten soll."

„Hier mein kleiner Bursche wird es wohl kaum mögen?", fragte der Herr weiter und strich mit seiner Hand über Hansens Flachskopf.

„O Herr, ich kann doch die Schwester nicht im Stich lassen", meinte der ganz beleidigt und blickte mit seinen großen blauen Augen den Fremden nicht sehr freundlich an.

Der Herr klopfte ihm jetzt die Backe und reichte Marie die Hand. „Ich denke, Herr Klein, Sie verkaufen den Kindern die Sachen billiger." Er nickte dem Schreiner heimlich zu und sagte leise: „Ich bezahle für sie."

Da war Herr Klein einverstanden; die Kinder bekamen Hobelbank und Werkzeug zum gewünschten Preis und jubelten laut. Alles war erreicht, was sie erstrebt hatten, durch Gottes Segen, der ihnen die Kraft dazu verliehen und sie durch gute Menschen unterstützt hatte, das zu vollenden, wozu ihre eigenen, kleinen Kräfte nicht ausgereicht hatten.

Und jubelnd ging es nun nach Haus mit den gekauften Schätzen, um sich hier aufs Neue mit der Mutter daran zu erfreuen. Heute konnten Hans und Marie den Abend und des Vaters Heimkehr gar nicht erwarten.

Da sie keine Schule hatten und auch im Haus nichts für sie zu tun war, so liefen sie vom Fenster zur Tür, von der Tür zum Fenster, um zu sehen, ob es denn nicht endlich dunkel würde und der Vater käme. Endlich wurde es dunkel und der Vater kam auch.

Müde und matt setzte er sich auf die Bank neben dem Ofen und war sehr traurig; ein unvermuteter Abzug am Lohn hatte diesen noch geringer ausfallen lassen, als er schon war.

In dem kleinen Stübchen in Martins Häuschen erinnerte auch nichts an den Festabend als der frisch gestreute Sand auf den eben gescheuerten Dielen und ein paar grüne Tannenzweige, welche die Kinder vom Walde heimgeholt hatten; Lichter brannten nicht daran, denn solchen Luxus durften sie sich nicht erlauben.

Sie waren aber doch froh und festlich gestimmt, sie wollten ja Freude bereiten aus Liebe – und das ist doch die schönste Freude an dem Fest der Liebe.

Der Abend war hereingebrochen; die Glocken begannen zu läuten, um die Menschen zu erinnern an die Heilige Nacht. Mutter und Kinder traten zum Vater und sprachen wie gewohnt das Weihnachtsgebet. Als dann die Glocken geendet, stimmten sie das Weihnachtslied an.

> „O du fröhliche, o du selige
> gnadenbringende Weihnachtszeit.
> Welt ging verloren, Christ ist geboren.
> Freue, freue dich, o Christenheit!"

klang es hell und klar von den Kinderstimmen. Die Mutter setzte fest und freudig ein; auch der Vater vergaß seinen Kummer einen Augenblick. Dann aber, als das Lied verhallt war, dachte er umso schmerzlicher an die Zeit, wo er sonst die Seinen – wenn auch nur mit kleinen Gaben – erfreut, und dass dies nun schon die zweite Weihnacht wäre, wo er ihnen nichts schenken konnte.

„Arme Kinder", sagte er traurig, eine Träne glänzte in seinen Augen; „ich kann euch wieder nichts geben."

„Auch keinen Honigkuchen?", seufzte der kleine Karl.

„Mutter, bekomme ich gar nichts?", fragte die noch kleinere Lise.

Fritzchen streckte die Hände aus: „Haben, haben!"

„Arme Kinder!", sagte der Vater noch einmal und weinte.

„Vater, Vater!", riefen da Hans und Marie fröhlich, „Vater, wir haben etwas für dich!"

Der Vater blickte auf. In der geöffneten Tür – vom spärlichen Lampenlicht beleuchtet – standen freudestrahlend Hans und Marie; sie schoben eine Hobelbank und Werkzeug in die Stube; eine Rolle mit blanken Markstücken reichte ihm seine Frau entgegen.

„Allmächtiger Gott!", rief er. „Wo kommt das her?"

„Wir schenken es unseren lieben Eltern", begann Marie, wie es ihr die Katherine so schön vorgeredet hatte.

„Um Gottes willen, wo habt ihr das her?", unterbrach sie Jakob Martin; er traute seinen Augen, seinen Kindern nicht.

„Wir haben es verdient", erklärte nun Hans ganz stolz. Ich und Marie!"

Er hatte ganz vergessen, dass er wohl diese hätte zuerst nennen müssen, denn ohne sie würde er wohl nie auf die Idee gekommen sein, noch die Geduld zur Ausführung derselben gehabt haben. Und nun erzählten sie dem Vater von ihren Arbeiten; der Vater weinte über seine Kinder, aber aus Freude!

Als sie so zusammensaßen und sich freuten, Jakob Martin mit seiner Familie, Hans und Marie auf dem Schoß, die kleine Lise dazwischen, Karl und Fritzchen zu seinen Füßen – da klopfte es an, eine wohlbekannte Stimme rief: „Dürfen wir hereinkommen?"

Sie warteten die Antwort nicht ab, die da draußen standen; die Tür öffnete sich – die Baronin mit ihren Kindern, begleitet von der Katherine, trat ein. Und hinter ihnen trug der Diener einen großen Tannenbaum, geschmückt mit Äpfeln und Nüssen, mit Honigkuchen und vielen, vielen Lichtern. Er setzte den Baum auf den Tisch in der Stube.

„Leo und Augusta, ans Werk", ermunterte die Baronin, nachdem sie allen einen „Guten Abend!" geboten, ihre Kinder.

Und Leo und Augusta hoben die Deckel von den Körben, die der Diener hereingeholt. Sie begannen auszupacken, und was sie auspackten, legten sie sorgfältig unter den Tannenbaum. Als sie damit fertig waren, führten sie Hans, Marie und auch die anderen Kinder zu dem Tisch, jedes an seinen bestimmten Platz, wo wieder jedes fand, was es gerade brauchte und sich wünschte.

Da waren warme Beinkleider und eine neue Jacke für

Hans; ein neues Kleid und eine rote Kapuze für Marie; Röckchen, Strümpfe und Schuhe für die kleineren Geschwister. Auch die Spielsachen waren nicht vergessen. Eine hübsche Puppe saß gerade unter den Tannenzweigen, da, wo ein großes Honigkuchenherz mit dem Namen Marie hing, zum Zeichen, dass alles, was hier lag, dieser gehören sollte. Hans jubelte über einen prächtigen Ball und Kreisel. Karl sah neben seinem Teller einen Hühnerhof aufgestellt, in dem die Hühner und Hähne wirkliche Federn hatten. Eine Schachtel mit blanken Näpfchen und Töpfchen wartete auf die kleine Lise. Leo und Augusta reichten Fritzchen einen weißen Pudel mit rotem Halsband, der, wenn man ihm auf den Kopf drückte, ganz herzhaft „Wau, wau!" bellte.

Das war nun gar zu schön, und jedermann war glücklich, Geber und Empfänger. Es war ein Jubel und eine Freude im Häuschen, wie lange, lange nicht; die Martins konnten nicht müde werden, sich zu freuen und sich zu bedanken bei der gütigen Herrschaft vom Schloss.

Doch die Baronin sagte: „Danken Sie dem lieben Gott, der Ihnen so gute Kinder gegeben, durch diese haben wir Sie kennengelernt; wo die Kinder so brav sind, müssen die Eltern es auch sein, und braven Leuten muss man helfen. Wenn je wieder Not bei Ihnen einkehren sollte, so kommen Sie zu uns; die Kinder aber wollen wir im Auge behalten und für sie sorgen, dass sie etwas lernen und gut fortkommen in der Welt." Dann ging die Baronin mit Leo und Augusta.

Aber Katherine, die treue Freundin und Ratgeberin, blieb noch eine Weile.

Nun kochte die Mutter einen Kaffee, und da die Herrschaften vom Schloss auch Kuchen gebracht hatten, gab es einen ordentlich festlichen Abendschmaus.

Die Eltern und Katherine rückten zusammen auf der

Bank beim Ofen, erzählten sich von guten und bösen Zeiten und hofften das Beste für die Zukunft.

Hans ließ den Kreisel tanzen; Marie sang ihre Puppe, nachdem sie ihr Kuchen und Kaffee genug gegeben hatte, in den Schlaf; Lise kochte in den neuen Näpfchen; Karl ließ seine Hühnchen gackern und seine Hähnchen krähen. Sogar Fritzchen, obwohl im Bett, konnte noch nicht schlafen vor Freude, und der Pudel, von dem sich der Knabe nicht hatte trennen wollen, musste immer noch „Wau, wau!" bellen.

Dann aber wurde es Schlafenszeit, auch für die andern. Katherine verließ das Häuschen und ging heim. Jakob Martin, ehe er sich mit den Seinen zur Ruhe begab, rief Hans und Marie zu sich heran.

„Meine guten Kinder", sagte er und legte je einem eine Hand auf das Haupt – „ich danke euch für eure Liebe und preise Gott, dass er mir durch euch geholfen hat. Möge er mir Kraft geben, dass ich euer Leben wieder heiterer machen kann, als es bis jetzt war; möge er euch so viel Freude schenken in eurem Leben, wie ihr mir gegeben habt."

Hierauf küssten sich Eltern und Kinder herzlich und gingen zu Bett.

„Hans, bist du noch wach?", rief Marie den Bruder an.

„Was willst du denn?", fragte der, schon halb im Schlaf.

„Hans, es ist doch wundervoll!", flüsterte sie. „Lass uns Gott dafür danken. Lass uns immer daran denken, dass wir Kräfte haben und dass wir nimmer ermüden, wenn wir etwas Gutes mit ihnen tun wollen, dass Gott uns ferner hilft, wie er uns diesmal geholfen hat."

„Ja", sagte Hans und sein Arm schlang sich um den Hals der jüngeren Schwester,

„Lieber Gott, wir danken dir", beteten die Kinder zusammen – da fielen aber Hans schon die Augen zu.

„Hilf uns", betete Marie weiter, aber da schlief auch sie, übermüde von all den Freuden des Tages und seinen Erlebnissen.

Und wenn sie nun auch beide ihr Gebet nicht in Worten vollendeten – der liebe Gott wusste um ihre Gedanken.

Heinrich Ruppel

Peter Scheuflers Weihnachtsglück

Für Leute hinter blanken Fensterscheiben in wohlig durchwärmten Stuben, wo zur rechten Zeit der Tisch zur Mahlzeit und das Bett zur Ruhe winkt, war's das rechte Weihnachtswetter: Schneetreiben ohne Ende. Aber Menschen ohne Arbeit und Obdach auf der Landstraße draußen, die deuchte das Wetter heillos und nicht weihnachtlich.

Auch die Witwe Scheufler, die als Hausiererin von Dorf zu Dorf zog, seufzte über das trostlose Wetter. Neben ihr stapfte Peter, ihr Ältester, durch den Schnee. Auf dem Rücken hing ihm das aus zwei eichenen Spriegeln gebogene Tragreff mit einem Pack langrunder Strohmatten, wie man sie zum Reinigen der Schuhe vor die Türen legt. Die Mutter trug an zwei Schulterriemen einen hohen, schmalen Kasten, der in verschiedenen Schubkästen, die übereinanderlagen, Kurzwaren und Nähzeug enthielt. Der Buckelladen war von einem schwarzen, in den Ecken schon brüchigen Wachstuch überdeckt und hatte gewiss schon weite Wege hinter sich.

Die Straße lief durch ein hohes, ebenes Feld. Peter und seine Mutter kämpften sich langsam weiter. Der Schneesturm warf sich ihnen mit aller Wucht entgegen, sodass sie nur mühsam weiterkamen. Der schmächtige Junge war seiner Mutter stets ein paar Schritte voraus. Schauer auf Schauer jagte vorüber, nicht in weichen, wolligen Flocken, sondern in harten, körnigen Kristallen, die hörbar auf die Wachstuchdecke rieselten und die Gesichter schmerzlich brennend röteten. Die Augen tränten und froststarre Finger klopften den Schnee von Brust und Ärmeln, die schon nach hundert Schritten eine neue Schneeschicht trugen.

Schön ist der Sturm und heilbringend dem, der sich ihm mit dem Gefühl der Kraft entgegenstemmen kann. Doch das schwächliche Weib unter dem schweren Kasten hatte kaum noch die Kraft, ihm zu widerstehen. Sie fröstelte in ihrer dünnen Kleidung. Wenn sie doch nur bald im Dorfe wären und ihre Ware loswürden, die sie von Haus zu Haus feilboten. Im letzten Dorfe hatten sie nicht das Geringste verkauft. Kaum, dass man sie anhörte, schlug man schon mit unfreundlichem Gebrumm die Tür vor ihnen zu. Nun musste man auf die nächste Ortschaft hoffen. Wenn sie auch dort keine Käufer fanden, dann … ja, dann war's schon besser, hier im Schnee einzuschlafen und nicht wieder aufzuwachen …

Nun legte sich der Schneesturm und gab den Ausblick in die Ferne frei. Zur Rechten stand der Wald als schwarzer Strich zwischen dem grauen Schneehimmel und der endlos scheinenden Schneefläche. Dahinter lief durchs Tal die Bahn, die sie heute Abend noch nach Hause bringen sollte. Zuweilen scholl ihr dumpfes Rollen schwach herüber. Zur Linken erstreckte sich das Feld. Kein Dorf war sichtbar. Denn hier drückten sich die Dörfer seit alten Zeiten in die windgeschützten Täler, wie sich die Rebhuhnvölker in die Ackerfurchen ducken.

Auf der Straße geleiteten Vogelbeerbäume die schweigenden Lastträger. An der Wetterseite trugen die Stämme einen Behang grauer Flechten, der den aufliegenden Schnee festhielt, sodass er als schmale, weiße Kruste auf dem grauen Holze saß. Jede Astnarbe war mit einem runden Schneefleck zugedeckt. An den kahlen Zweigen hingen noch korallenrote Beerendolden, den Vögeln leckere Speise bietend. Und saß da nicht ein kleiner Gast, der von den Früchten zehrte?

Peter sah hinauf. Ei, wie das Vöglein hurtig pickte! Und wie sich's regte und bewegte! Es schlüpfte durchs Gezweig und piepte recht zufrieden. Ach, wer sich auch so laben könnte! Doch ihm und seiner Mutter, so hungrig sie auch waren, bot niemand gute Atzung an. Und den kleinen Geschwistern daheim auch nicht. Wenn sie heute kein Glück mehr hatten, dann mussten sie mit leeren Händen heimkehren. Kein Geld für Brot, Brand, Miete … Oh, das musste ein trauriger Heiligabend werden!

Die Straße senkte sich in die Tiefe. Verschneite Dächer, von dem dicken Zwiebelturm der Kirche überragt, erhoben sich aus kahlem Baumgeäst. Nun rückte aus der Ferne wieder ein grauer Vorhang auf sie zu, der Dorf und Tal verhüllte. Es schneite wieder. Aus großen Wolkensäcken flockte weicher Flaum hernieder. Der Sturm war eingeschlafen. Tausend lustige Schneesternchen wirbelten und tanzten neckisch – oder höhnisch – um die beiden Fremden, hockten sich ihnen auf Kopf und Kragen und auf die schwere Traglast.

Im dichtesten Gestöber erreichten sie das Dorf, wo sie von Tür zu Tür gingen. Sie schlugen getrennte Wege ein, um mehr und eher zu verdienen. Und trafen sie sich unversehens, hatten sie auf stumme Fragen nur ein hoffnungsloses Wort: Nichts … noch nichts … wieder nichts!

Wo sie auch anklopften, war überall dasselbe Lied: Wir brauchen nichts … kein Geld, kein Geld … woher soll man's denn nehmen! Der Steuerfiskus holt den letzten Heller. Und wie Ihr, so kommen ihrer vier, fünf, sechs an jedem Tag! Und was die alles wollen: abgelegte Kleider, Schuhwerk, Hemden, Speck und viel dergleichen. Das geht auf keine Kuhhaut mehr. Ihr Städter müsst nicht denken, dass es uns zu wohl ging!

Die alte Jammerlitanei schlug jede Hoffnung tot. Und in manchem Gesicht standen Augen so kalt und ausdruckslos wie gefrorene Fenster in einem unbewohnten Haus.

Frau Scheufler fühlte, dass sie mit Bettlern über einen Kamm geschoren wurde. Und das war unrecht von den Dorfleuten. Sie bettelte nicht, weder um abgelegte Kleider noch um Lebensmittel. Wer ihrem Jungen etwas für den Hunger gab – gut, dem mochte es Gott vergelten. Aber betteln – nein! Solange sie die Füße trugen, wollte sie sich ehrlich ernähren.

Sie kamen in die Nähe des Gemeindebackhauses. Aus der halb offenen Tür quoll ihnen frischer Kuchenduft entgegen. Man hatte eben „ausgeschossen". Nun knatterte von Neuem das rasche Reisigfeuer für den zweiten „Schuss". Der Feuerschein sprang aus dem Ofen vor und gab den Bäuerinnen einen weichen Glanz der Freude ins Gesicht. Von allen Seiten kamen noch Frauen und Mädchen herbei, mit weit gespannten Armen je zwei Kuchen auf den Hüften tragend.

Auf dem Hof des Bürgermeisters an der Kirche kam der Landjäger zu Frau Scheufler und forderte den Wandergewerbeschein. Er fand ihn in Ordnung. Ein stummer Blick flog über die ärmliche Gestalt, die aussah wie die teure Zeit. Nun schritt der Hüter des Gesetzes die Dorfstraße hinab. Frau Scheufler sah ihn den Kopf in die Backhaustür stecken. Dann schritt er weiter, von hellem Lachen verfolgt. Sicherlich hatte er den Backweibern mit einem seiner harmlosen Späße aufgewartet. Nun ging er, Nachforschungen nach den Schafdieben anzustellen, die im Unterdorf schon zweimal in die Ställe eingebrochen und mit ihrem Raub entkommen waren. Hinter den Hecken hatten sie die Tiere abgeschlachtet und die Eingeweide zurückgelassen. Bisher war nicht die geringste Spur von den Spitzbuben zu finden gewesen. In ihrer Erregung sahen die Leute alle Fremden, deren die Arbeitslosigkeit und die Not genug ins stille Hessendorf hereintrieben, mit unverhohlenem Argwohn und Misstrauen an, und damit verschonten sie auch den Redlichen nicht.

Niklas Michelbach, der Bürgermeister, saß an seinem Schreibwerk. Die Ellbogen lagen breit am Tischrand. Der kantige Kopf mit der tief gefurchten Stirn und dem bartlosen Gesicht beugte sich auf die Tischplatte nieder und der zierliche Federhalter in der schweren Hand lief unbeholfen über das Papier. Schnörkellos und einfach war die Schrift, fest und ehrlich wie des Mannes Wesen. Es sah ihm keiner an, dass er in der Frühe schon Ärger gehabt hatte. Die Magd, die sich wieder auf ein Jahr hatte dingen lassen, weil sie wusste, dass sie keinem Knicker diente, hatte ihm zu guter Letzt nun doch noch aufgesagt. So kurz vor „Scherztag" noch zu kündigen, das war unerhört. Als wäre man ein Garniemand und nicht mal Herr in seinem eigenen Haus! Doch mochte sie gehen, wohin sie wollte. Der Niklas Michelbach kriegte jederzeit eine andere Magd.

Vom großen Kachelofen her durchströmte wohltuende Wärme die Stube und die anstoßende Kammer, die durch eine leichte Bretterwand geschieden waren. In der Kammer hantierte die Bäuerin. Sie beutelte feines Weizenmehl in ein Backtrögelchen, verrührte das Mehl mit Milch und Hefe und rieb sich die mehlbestäubten Hände wieder blank. Das Kuchenbacken war ihr die liebste Festtagsarbeit. Nun ging ihr Blick in das blendende Schneelicht hinaus. Zaunlatten und Torsteine hatten sich putzige weiße Häubchen aufgesetzt. Auf dem steilen Dach des Nachbarhauses küselte der Wind, rollte leichten Schneestaub zusammen, kräuselte ihn umeinander und ließ ihn wie Mehlstaub an der Wand des

Hauses niederrieseln oder wie feine Schleier in die glasklare Luft emporwehen, als hätte vom hohen Himmel herab Frau Holle einen Mehlsack ausgebeutelt. Sie musste lächeln, als ihr die Gleichheit ihres Tuns hier innen und des Naturgeschehens draußen so deutlich in die Augen sprang.

Am Fußende des Bettes saß ihr Trinchen, das seit vergangenem Herbst in die Konfirmandenstunde ging. Das Mädchen lernte eifrig an einem Krippenspiel, das am Heiligen Abend in der Kirche aufgeführt werden sollte.

Der Vater war so vertieft in seinen Aktenkram, dass er das zaghafte Klopfen an der Tür überhörte. Aber seiner hellhörigen Frau war's nicht entgangen. Sie kam aus der Kammer und trat in den Hausflur.

Da stand ein etwa zehnjähriger, schmächtiger Junge vor ihr und bot seine Strohmatten feil. Unter der schäbigen Tuchkappe lugten schwarze Haarsträhnen hervor. Gott, wie verhungert sah der Junge aus! Wenn sie auch keine Fußmatte nötig hatte, so nahm sie ihm aus purem Mitleid doch eine ab, zumal sie billig war. Sie wandte sich zur Küchentür, dem Jungen einen Ranft Brot zu holen. Da trat ihr Mann, der das Gespräch vernommen, auf die Türschwelle. Erschrocken, dass er sie auf diesem Handel getroffen, verhielt die Frau den Schritt. Denn er war auf die herumziehenden Handelsleute, die doch nur Schundware vertrieben, nicht gut zu sprechen.

„Wozu denn das schon wieder?", fragte er mit knappem Hinweis auf das Strohgeflecht. Und als sie verlegen schwieg, als habe sie Unnötiges gekauft, ließ er seinem Spott die Zügel schießen: „Wohl vor die Kuhstalltür?"

„Arme Leute wollen doch auch leben, Niklas." Damit wehrte sie seinen Spott sanftmütig ab. Denn sie kannte ihn als einen Polterkopf, der aber auch gut sein konnte.

In diesem gespannten Augenblick trat Peters Mutter unter die Haustür. Mit einem Freudenblick nahm sie wahr, dass Peter hier nicht umsonst gefragt hatte. Vielleicht war hier auch noch Bedarf an anderen Sachen.

Aber Niklas Michelbach wollte aus einem unerwünschten Handel nicht noch einen zweiten werden lassen. Es war ihm schon zu viel mit dem einen. Und so donnerte er denn die ahnungslose Fremde an: „Das hört ja gar nicht mehr auf! Eine Hand reicht der anderen die Tür. Das geht rein und raus, rein und raus wie in einem Taubenschlag, wenn die Erbsen gesät werden. Da soll ja ein Kreuzunglück 'neinschlagen! Haben wir's denn zum Wegwerfen?"

So, die hatte er aber mal ganz gehörig „gefenstert" und losgetrieben! Damit wollte er sich, die Klinke der offenen Tür in der Hand, wieder in die Stube zurückwenden.

Da fiel in die beklemmende Stille, die seinen unwirschen Worten folgte, die kindliche Stimme seiner Tochter, der Pfarrschülerin, und ihre Worte klangen getragen wie von einer Melodie:

„Und den Armen wird das Evangelium gepredigt.
Und selig ist, der sich nicht an mir ärgert."

Nun schwieg das Mädchen einen Augenblick und begann dann von neuem, sich die Worte einzuprägen:

„Gehet hin und verkündiget, was ihr sehet und höret:
Die Blinden sehen, die Lahmen gehen,
die Aussätzigen werden rein, die Tauben hören,
die Toten stehen auf und den Armen wird …"

Da brach die Stimme des memorierenden Mädchens wie heftig erschrocken ab. Und der Geist Christi stand mitten unter den betroffenen Menschen.

Den Armen das Evangelium! Dem Bürgermeister fuhr das Wort wie ein heilsamer Schrecken in die Seele. Kein Zweifel:

Die zwei da waren arm, bitter arm. Und das, was er ihnen eben gesagt hatte, war kein Evangelium gewesen. Diese Erkenntnis lähmte ihn fast, sodass, als er sich aufraffte, zu handeln und wiedergutzumachen, die beiden schon im Dorf verschwunden waren. Sollte er ihnen nachgehen? Doch schämte er sich dieser weichen Regung seines Herzens als einer unmännlichen Schwäche. Es war ein Zwiespalt in seinem Inneren. Das fühlte er. Aber nur nichts äußern, sich nur nicht bloßtun vor andern! Sich einen Ruck geben und darüber wegkommen! Das muss ein rechter Mannskerl können.

Der Zufall – oder war es Fügung? – kam ihm dabei zu Hilfe. Unvermutet klingelte der Fernsprecher. Das riss ihn aus seinen dummen Gedanken heraus. Er trat heran und nahm den Hörer ab …

„Herr Doktor, Sie? … Ja, und? … Darf heim! Ei, was ein Glück! Werd's gleich meiner Schwester sagen und den Jungen heut noch holen … Wirklich eine Weihnachtsfreude! Auf Wiedersehen, Herr Doktor, auf Wiedersehen!"

Niklas Michelbach wandte sich seiner Frau zu: „Frau, eine Freud, eine große Freud!"

„Was denn, Mann?"

„Unser Patenjunge ist wieder gesund, darf heute heimkommen."

„Gott sei Lob und Dank! Wer hätte das gedacht!"

Der Zustand ihres Patenjungen Klaus, des Bürgermeisters Schwestersohn, war schlimm gewesen. Der Klaus war seiner Mutter Einziger, und sie, die Bäuerin des größten Hofes im Unterdorf, war schon mit dreißig Jahren Witwe. Da war kurz vor Advent der Junge todsterbenskrank geworden und nach Hephata ins Krankenhaus gekommen. Es ging um Tod und Leben. Des Doktors ernste Worte machten keinen Hehl daraus. Dann tat er mit fester Hand das Seine. Die Operation gelang. Und Klaus mit seiner kernigen Natur kam wirklich durch. Was kaum zu glauben war, geschah. Ein Wunder war's, ein wahres Wunder Gottes.

Trinchen trug die frohe Botschaft gleich zur Base. Die kam atemlos herbei. Vor drei Tagen war sie noch am Krankenbett des Sohnes gewesen, und der Arzt hatte mit keinem Wort die Heimkehr angedeutet, jedenfalls, weil er sie zum Christfest damit überraschen wollte.

„Hol ihn mir, Niklas!", bat die Schwester. „Gelt, du holst mir den Jungen?" Sonst wusste sie nichts zu sagen, als hätte ihr die Freude das Wort verschlagen.

„Hannjörg!", rief Michelbach über den Hof. Von der Scheune rief's „Jaja?" zurück und der Großknecht kam von der Tenne.

„Mach die Gäule blank!", gebot der Bauer. „Und leg die Schlittengeschirre auf! Ich muss in die Stadt."

„Und ihr", befahl er den Weibsleuten, „eingepackt! Brot, Speck, Kuchen und was es sein mag! Denn wer zu holen kommt, für den versteht es sich, dass er etwas mitbringt. Und Hephata wird seinen armen Kindern auch bescheren wollen."

„Ich hab schon gebacken", sagte die Schwester und lief nach Kuchen davon.

„Wolldecken und ein Oberbett in den Schlitten!", ordnete Michelbach noch an. „Es ist kalt. Und ich muss doch meiner Schwester ihr Christkind holen." –

Indessen suchten Peter und seine Mutter tief entmutigt die letzten Höfe des Dorfes auf, doch ohne Hoffnung auf besseren Erlös. Denn überall waren die Frauen am Putzen, Schrubben, Backen und hatten die Köpfe so voll Feiertagsgedanken, dass sie die beiden Fremden, die ihnen in die

Quere kamen, kaum beachteten und sie am liebsten mit dem Rücken ansahen.

Ach, dachte Frau Scheufler, was wird das morgen ein trauriger Heiligabend werden! Schon drei Tage unterwegs und die Kinder mutterseelenallein in der Dachkammer. So jämmerlich geht das Geschäft. Und selten wird einem ein gutes Wort gegönnt, eine wohlmeinende Frage, eine Tasse Kaffee. Alle haben sie zu tun mit Vorbereitungen auf das Fest der Liebe. Freude wollen sie spenden, Glück wollen sie schaffen, die frohen, aller Not enthobenen Mütter des Dorfes, und sie, die freudenarme, Not leidende Mutter, die sehen sie nicht, als wären sie blind, haben keine Zeit für sie, die nicht betteln kann.

Und doch fiel auch in die Tiefe ihrer Hoffnungslosigkeit ein lichter Strahl der Weihnachtsliebe. In den letzten Häusern fanden sich unerwartet für einige ihrer Waren noch willige Abnehmer. Peter hatte an seinen Fußmatten nicht mehr schwer zu tragen. Als er Völkers Hof betrat, kam die Völkersche, die junge Bäuerin, aus dem Backhaus und trug zwei duftende Christtagskuchen unter den Armen. Von drinnen patschte es ans Fenster und eine Kinderstimme rief. Die Frau lachte zum Fenster hinauf, wo sich ein platt gedrücktes Näschen, ein rotes Mündchen und links und rechts fünf ausgespreizte Fingerchen an den Scheiben abdrückten. Da regte sich das Mutterglück in ihrem Herzen.

Sie sah den fremden Knaben an der Tür und sagte: „Komm herein!" Er folgte ihr. Auf dem Herd und Küchentisch lagen schon gare Kuchen.

„Hier!", sagte sie und schnitt eine ziemliche Ecke ab. Der Junge griff danach und dankte.

„Willst du auch Kaffee?", fragte sie. Und schon stand eine Tasse vor ihm. Denken und Tun waren eins bei ihr. Sie hatte eine rasche Art zu fragen und zu handeln.

„Wie heißt du denn?"

„Peter", sagte der Junge und muffelte seinen Kuchen.

„Und woher bist du?"

„Aus Gießen."

„Läufst du so allein in der Welt rum?"

„Nein, mit meiner Mutter. Da – da!", stieß er hervor, auf eine Frauengestalt weisend, die eben in den Hausflur getreten war.

Die Bäuerin erblickte eine mittelgroße, schmale Frau, zum Erbarmen gekleidet, auf dem Kopf ein dünnes Tüchlein, unter dem schwarzsträhnig Haar hervorhing.

Welch eine Freude für die Mutter, ihr Kind als Gast zu sehen!

„Vom Zusehen habt Ihr nichts!", scherzte die Bäuerin. „Das hat noch niemand satt gemacht."

Bis Frau Scheufler ihr „Ach ja!" geseufzt, stand auch schon vor ihr eine Tasse Kaffee mit gutem Kuchen. Zu guter Letzt schlossen sie auch noch einen Handel ab. Die Bäuerin hatte Nadeln nötig zum Flicken und Stopfen. „Die Mannsleut sind gar arge Reißer!", lachte sie. „Da heißt's gestichelt und gestopft."

Sie wünschten ihr aus warmem Herzen ein frohes Christfest und gingen. Ein Kinderköpfchen lugte durch den Türspalt hinter ihnen her. Ohne Säumen schritten sie zum Dorf hinaus.

Der Bahnhof in der Stadt war weit, bei hohem Schnee zwei gute Stunden weit. Das Dorf versank im Tal. Der Tannenwald kam nah und näher. In Gedanken überschlug Frau Scheufler den Erlös des Tages. War er auch kümmerlich, er reichte doch zur Heimfahrt und etwas blieb auch noch für Brot. Doch eine Weihnachtsfreude für die Kinder ließ sich damit nicht beschaffen. Ihre Kinder kannten kein frohes

Weihnachtsfest. Seit Jahren war's derselbe graue Tag, derselbe dunkle Abend, der mit leeren Händen in die kalte Kammer der Armut kam.

Windstille hüllte die Wanderer ein. Und spätes Sonnenlicht lag auf dem weiten Schneefeld, dass es glimmerte und glänzte. Sie gingen wie geblendet. Dann schwebten große Einzelflocken durch den Glanz. Die Sonne wurde matt und schwand im Wolkengrau. Und langsam fing es wieder an zu schneien. Flocken wirbelten um sie her, und hoch und höher wuchs der Schnee. Es kostete viel Kraft sich durchzukämpfen. Sie schwiegen längst. Allmählich sank der Mut. Die kleine Freude, die das Herz belebte, versickerte wie Blut im Schnee. Sie stapften, stapften, stapften stumm des Weges. Baumgruppen ragten kahl und drohend und Krähen hockten düster auf den Ästen. Noch weit, noch weit. Kaum war der halbe Weg zurückgelegt.

Dumpfe Hoffnungslosigkeit befiel das Herz der Mutter und eine schwere Mattigkeit schloss ihr den Mund. Peter hatte zuweilen noch ein Wort auf der Zunge, das von heimlicher Weihnachtsseligkeit klang. Nun schwieg auch er vor Übermüdung. Weiter, nur weiter durch den Schnee! Und keine Spur blieb hinter ihnen, keine Spur, wenn jemand sie suchen sollte. Aber wer hätte sie suchen sollen! Wenn sie so langsam und leise aus dem Leben gingen, würden sie auch keine Spur hinterlassen. Nur die Kinder würden weinen, wenn sie mit Peter nicht wiederkäme, würden weinen und hungern, von fremden Händen umhergestoßen werden und dann betteln und untergehen müssen. Ja, sonst nichts. Das wäre der Weg ihrer Kinder, kein Lebensweg … ein Weg des Todes.

Erinnerung umflockte die Seele der Mutter wie die Schneesterne ihr Haupt. Auf ihrem Kasten lag es wie feine Watte. Welche Träume hatte sie nicht als Kind beim leichten

Flockentanz geträumt! Sie war wieder jung und daheim bei Vater und Mutter. In der Küche horchte sie nach der Stube hin, ob nicht der Weihnachtsmann schon da gewesen sei. Aber es klingelte noch nicht. Die Tür zum strahlenden Lichterbaum und zum Kinderparadies war noch nicht aufgetan. Oh, wie die Kinderseele auf den rufenden Klang des Glöckchens in der Hand des Vaters gelauscht hatte …

Da, was war das? Ging nicht irgendwo in schneeverhängter Weite ein kleines Glöckchen, so fein und lieblich wie des Vaters Glöckchen am Heiligen Abend? Jetzt war's wieder weg und still. Nach einigen Schritten kam's wieder. Ging sie denn durch des Herrgotts große Weihnachtsstube? Konnte denn der himmlische Vater auch ihr noch einen Weihnachtsbaum bereitet haben?

Peter blieb stehen und schaute zurück: „Hörst du's, Mutter? Es klingelt etwas!"

„Ja, mir war's auch so, wenn ich nicht träume."

„Nein, es klingelt wirklich. Hörst du's jetzt?"

„Es wird ein Schlitten sein", sagte die Mutter gleichgültig und stapfte weiter.

Es war ein Bauernschlitten, der in rascher Fahrt herankam. Die Bronzeschellen, an breiten Lederriemen niederhängend, rasselten und warfen volle Klänge in das winterliche Schweigen.

Die Frau und ihr Junge wichen in den hohen Schnee zur Seite. Da hielt mit einem Ruck der Schlittenlenker seine Pferde an. Und eine tiefe Männerstimme kommandierte barsch: „Einsteigen, ihr Schneehasen, einsteigen!"

Herrgott, was war geschehen! War das denn nicht der Bauersmann, der sie so hart und herzlos angefahren hatte! Und jetzt lud er sie zur Mitfahrt ein. Das musste doch unmöglich sein.

„Ei so steht doch nicht da wie Lots Weib!", sagte der raue Mann im Schlitten. „Oder seid Ihr auch zur Salzsäule geworden?"

Nun begriff sie, dass er's ernst meinte. Sie huckte den Kasten ab und brachte ihn neben Peters Reff im Schlitten unter, wo auch sie beide noch Platz fanden. Wie losgelöst von aller Erdenschwere glitten sie dahin. Frau Scheufler konnte sich's noch immer nicht zusammenreimen, was ihr heute widerfahren war. Schweigend blickte sie auf die dampfenden Pferde, die vor dem Schlitten trabten.

Niklas Michelbach kannte die Springwurz, die den Zauberberg mit seinem märchenhaften Schatz aufschließt. Er kannte auch den Schlüssel zum Inneren eines Menschen. Mit ein paar väterlichen Worten an den Jungen gewann er sein Vertrauen. Ob er auch kutschieren könne. Peter schüttelte den Kopf. Und ob's ihm so gefalle? Peter dünkte sich ein König, der sein Reich durchfährt. So gewann der Bauer auch das Vertrauen der Mutter, die ihm ihre Not klagte. Niklas Michelbach hörte zu, brummte manchmal sein nachdenkliches „Ja, ja, so geht's in der Welt!" und tat im Übrigen so, als rühre es ihn nicht sehr.

Da schwieg Frau Scheufler still. Sie glaubte, der Bauer sehe und höre über all das hinweg.

Aber Michelbach sah nur in sich hinein. Ein Gedanke war ihm gekommen, den er nicht wieder loswerden konnte. Er musste sich sagen: Du holst jetzt deinen Patenjungen zum Christfest heim. Glück und Freude kommt mit dir ins Haus … Und diese Mutter, was wird die bei der Heimkehr finden? Glück und Freude wie du? Nein, nein … Aber Sorgen und Mangel, wohin sie guckt. Weißt du, wie das ist? Nein, du weißt es nicht. Aber denken kannst du dir's doch so halb und halb …

Und Niklas Michelbach dachte sich's, dachte sich tief hinein in das Elend dieser Menschen. Und es bewegte ihm teilnehmend das Herz, wallte auf und bewegte sich, wie der See sich bewegt, wenn das Eis schmilzt und die Sonne die Wogen streichelt. Ganz so bewegt war ihm zu Mute vor Mitleid und – Freude. Denn er wusste etwas, das war auch wie Sonne, tat auch wie sie: Das lockerte und linderte das Leid. Wenn er auf die armen Menschenkinder in seinem Schlitten sah, auf die Mutter und ihren Sohn, aneinandergedrängt und zusammengekauert wie ein Häufchen Unglück, dann durfte er jetzt schon eine wohltuende Vorfreude fühlen.

Er fragte sie, mit welchem Zug sie reisen wollten.

„Mit dem letzten", gab Frau Scheufler Auskunft.

„Da habt ihr noch viel Zeit."

Die Stadt kam näher. Auf der Höhe an der Straße stand eine knorrige Hainbuche, die trotz Frost und Wintersturm noch alle ihre kupferroten Blätter hatte.

Nun klingelte der Schlitten über die Brücke, die sich in hohem Bogen über die Gleisanlagen des Bahnhofs schwang, ins alte Städtchen hinein. Manch ein Bekannter grüßte Michelbach mit freundlichem Kopfnicken und verwunderten Blicken auf seine zweifelhaften Fahrgäste. Doch das kümmerte ihn nicht. Vor einem großen Hause hielt er die Pferde an, legte ihnen Decken auf und ging mit seinen durchfrorenen Fahrgästen ins warme Wartezimmer. Eine Schwester führte ihn ins Krankenzimmer, wo er seinen Patenjungen außerhalb des Bettes fand. Er hielt die weiche Hand des Genesenden in seiner rauen Rechten und war verwundert, dass dieser bleiche, stille Mensch sein frischer, übermütiger Patenjunge sein sollte. Doch war er herzlich froh, dass er ihn so wiedersah. Der Arzt trat ein und Michelbach nahm überglücklich seine Hand: „Wie können wir das recht machen, Herr Doktor?"

„Das ist doch meine Pflicht und Schuldigkeit", erwiderte der Arzt. „Danken Sie Gott! Der hat das Beste dabei getan."

Indem sie noch so sprachen, kam der Anstaltsvater, ein greiser Pfarrer, der das Wort der christlichen Liebe in diesem Haus mit der Kraft seines Heilandsherzens förderte. Was lag ihm näher, als vom Fest der Liebe zu reden.

„Morgen gibt's aber ein frohes Weihnachtsfest", sagte der alte Herr mit einem Hinweis auf den genesenden Klaus.

„Und bei Ihnen in Hephata doch auch", antwortete der Bürgermeister.

Das gütige Gesicht des Vaters der Mühseligen und Beladenen umwölkte sich, doch nur auf einen Augenblick. Dann brach die Sonne des Gottvertrauens wieder hell hervor. „So Gott will – ja! Ein fröhliches, seliges Fest, wenn auch –"

„Nun, wenn auch … was denn, Herr Pfarrer?"

„Wenn auch noch vieles fehlt, was das Fest fröhlich und selig macht, vieles, was uns mildtätige Hände sonst reichten. Doch war noch keine Zeit so hart wie diese, so reich an Not, so arm an Liebe. Denken Sie, die dreihundert und mehr Kinder, die wir haben, verkrüppelt, fallsüchtig und arm an Geist! Sie kennen unser Elend ja."

Er kannte es, hatte bei den allsommerlichen Jahresfesten des Herrgotts Sorgenkinder alle gesehen. „Und woran fehlt's denn?", fragte er.

„Wir können alles brauchen", lächelte der Pfarrer.

„Auch Wäsche, Strümpfe und solcherlei Zeug?"

„Und ob, Herr Bürgermeister!"

„Na, also mal her!" sagte Michelbach und ging an die Tür des Wartezimmers: „Also mal her!"

Frau Scheufler verstand nicht, was er wollte.

„Ihr da, Frau, kommt doch mal her mit Eurem Kram! Ich will's Euch leichter machen."

Die Hoffnung entfachte einen weihnachtlichen Schein in den Augen der Hausiererin.

„Was kostet denn die ganze Backsbeer?"

Die Frau verstand ihn nicht.

„Was Euer Krempel da kostet?"

„Alles miteinander? Das muss ich erst ausrechnen", wich sie ängstlich aus, als könne sie durch einen überstürzten Handel zu kurz kommen.

„Ich mein, in Bausch und Bogen", erklärte Michelbach. „Zu niedrig braucht Ihr's nicht zu halten. Euer Schaden soll's nicht sein."

Das ermunterte sie und sie nannte eine Summe.

Der Bauer nickte. Er fand die Forderung nicht unbescheiden.

„Hier", sagte er, „hier habt Ihr Euer Geld. Zählt's nach und wenn's was mehr ist, mag's dem Jungen da gehören." Damit drückte er ihr einige Geldscheine in die Hand.

Die Frau stand wunderselig wie das arme Mädchen, dem die Sterntaler vom Himmel fielen. Es war ihr wie ein Traum. Sie vergaß sogar zu danken. Aber wie sie den Wuschelkopf ihres Jungen an sich drückte, das war mehr als Dank.

„So! – und nun lassen Sie den Kasten abladen!", wandte sich der Bauer an den Pfarrer. „Und machen damit Ihren Kindern eine Weihnachtsfreude!"

„Gott lohn's Ihnen, lieber Freund!", sagte der Vater der Verlassenen, und seine Worte bebten vor Ergriffenheit und Freude.

Michelbach war schon an der Tür und rief zurück: „Gute Christtage zusammen!" Dann war er draußen.

Die Krankenwärter hatten den Jungen schon im Schlitten untergebracht. Klaus saß wohlverwahrt in Kissen und Decken. Nun kam Michelbach mit Frau Scheufler und Peter aus dem Haus. Ein Griff unter den Schlittensitz, und vor Peters Augen zauberten ein schwerer Brotlaib und ein Stück Speck die schönsten Bilder. „Damit ihr doch etwas nach Hause mitbringt", sagte der Bauer. Was der Schlitten sonst noch enthielt, wurde durch die Wärter dem Anstaltsleiter hineingeschickt. So hatte Klaus den Paten noch nie gesehen, so froh und glücklich. Er war oft allzu sehr auf stetes Fortkommen bedacht gewesen und das hatte ihn hart gemacht. Und heute das! Gewiss hatte Gott das Herz des Paten berührt.

Niklas Michelbach saß neben seinem Patenjungen und fuhr los, durch die Stadt, die steile Straße hinauf und durch die weiße, weite Winterlandschaft.

Der Abend kam. Kristallklar war die Luft. Silberner Schimmer lag auf dem endlosen Schneegefild. Die grauen Schneewolken hingen hoch. Über den hohen Wald im Westen brach zwischen violettfarbenen, goldgesäumten Wolken das Abendleuchten hervor und ließ ein Stück des Himmels sehen, mattgrün wie gedunkelt Glas, als habe da der Herrgott ein buntes Himmelsfenster aufgetan, um die Erde im reinen Schneegewand zu schauen und sich zu freuen, dass im Wirrwarr des Weltgetriebes das Weihnachtslicht noch vielen Seelen leuchtet …

Klaus schloss die Augen. Ihm war's, als flög er durch ein stilles, wunderschönes Traumland und Mutters Bruder saß an seiner Seite. Der hörte das dumpfe Rollen eines Zuges in der Ferne. Da fuhren sie der Heimat zu, die Mutter und ihr Junge, und brachten Weihnachtsfreude in die kahle Kammer …

Das Schlittengeläute klang und sang: „Fröhliche Weihnacht!" Und dem Paten und seinem Patenkind hallte es im
Herzen wider …

HERMANN OESER

Weihnachten holt dich ein

Ostern ist traurig, wenn du dich ihm versagst, Pfingsten wundert sich, wenn es dich nicht zu Gesicht bekommt. Aber Weihnachten sieht nicht so gelassen zu, es eilt dir nach, es holt dich ein. Und wäre es nur damit, dass es dich ein wenig ärgert, ein wenig in Harnisch bringt. Es holt den Spiegel und hält ihn dir vor – wie den Straßenspiegel, in dem die Gasse geht, ohne dass sie es weiß, und du mit einem Male in starre, prüfende nahe Menschenaugen siehst – deine eigenen, die in den Spiegel schauen, die aus dem Spiegel sehen. Auf seinen Gassen eilen die weihnachtlichen Menschen und sind so viel klüger als du: Denn Weihnachten macht klug, es bringt auch die unbeholfensten Seelen auf die feinsten Gedanken.

Eine Überraschung, die nicht gescheit ist, ist natürlich dumm, und davor behütet die Weihnacht ihre Getreuen. Die Weihnacht macht feinsichtig – wer durch ihr Auge sieht, entdeckt Fehlendes, Nötiges, Ersehntes in dem Leben der Nächsten, der Freunde und der Fernen. Die Weihnacht macht die Seelen ihrer Treuen zu liebenden Müttern. Eine liebende Mutter sieht die Torheit und Flüchtigkeit manches Kinderwunsches ein, aber sie gewährt lächelnd, denn ein Kind hat kindliche Wünsche und in ihrem Kommen, sich Erfüllen und Gehen liegt eben die Kindheit. Solche mütterlichen Gedanken der lächelnden Verwunderung und liebreichen Erfüllung schenkt die Weihnacht denen, die dazu bereit sind.

46

Die Weihnacht lehrt eine große Kunst der Güte: Sie lehrt zu nehmen, hübsch zu nehmen, anmutig zu nehmen. Als der Hochmut in das Land kam, verlernten die einen das Nehmen, als die Geziertheit in das Land kam, verlernten die andern das Nehmen, als die Söhne des Jammers und der Selbstbeweinung in das Land kamen, fanden sie sich durch das Nehmen gekränkt – als die Weihnacht in das Land kam, tat sie, als merkte sie das alles nicht und lehrte die Hochmütigen, die Gezierten und die Hospitalbewohner, mit beiden Händen, mit leuchtenden Augen zu nehmen.

Mir hat es meine Mutter erzählt, denn sie lebte noch in den Tagen, wo die Bahnzüge im Schnee stecken blieben, wie die Weihnacht ihn einholte.

Er liebte die Sentimentalität nicht. Natürlich, wie konnte er sie auch lieben? Er ging deshalb von Frankfurt am Main fort, wo ein Christbaum auf ihn wartete, wo eine Schwester so manches für ihn vorbereitet hatte, und fuhr nach Norden; dort wollte er irgendwo, ich meine fast in Kassel, dem allem aus dem Wege gehen. Aber zwischen hier und dort lag ein Eisenbahneinschnitt, der sich manchmal mit Schneeverwehungen füllte. Die gute alte Zeit ward damit nicht eben flink fertig. Der Beschertag hatte tüchtig Schnee hineingeworfen und erst ein Mäuerlein, dann eine Mauer aufgebaut, vor der der Zug vergeblich anrannte und an der die Bauern ein Stündlein und noch ein Stündchen schaufeln sollten.

Da lag der Zug still und besann sich. Der Schnee fiel herunter und umtanzte die Fenster, deckte mächtige weiße Tücher über das Dach der Wagen und tändelte auch ein wenig mit der alten Lokomotive. Innen, in den Wagen, kam früh die Sorge auf, dass der Zug sich überall verspäten werde, wo die Weihnacht am Bahnhofe stand und gelbe Paketwagen und blaue Dienstmänner und erwartungsvolle helle

Augen, hoffende Geschwister, sehnsüchtige Eltern aufgestellt hatte.

Unter den Eingeschneiten war ein junges Ehepaar mit einem sechs Jahre alten Töchterchen, die nahmen das Warten und die wachsende Gewissheit, dass man zur Bescherung nicht mehr eintreffe, irgendwo abseits, wo die Straße mit kahlen Apfelbäumen und dunklem Tannensaum fern in das Land zog, unendlich schwer.

Ihr wisst ja, wie es so geht. Erst hörte man gleichgültig hin, mit seiner eigenen Ungeduld und Sorge beschäftigt. Aber dann ward das Herzeleid des Kindes langsam das Anliegen aller. Dem Frankfurter sonderbarerweise am grimmigsten, obgleich er nur die Bekümmerten anstarrte und kein Wort sagte. Dann kam es so, dass er es gar nicht mehr aushielt. Er sprang auf, öffnete die Türe, eilte nach der Böschung, fiel in den Schnee, erhob sich, kämpfte sich durch und hinauf, seine Mitreisenden starrten ihm nach, riefen ihm zu, schrien, in allen Wagen wurde es lebendig, der Zugmeister schalt, der Schaffner fuchtelte mit den Armen entschuldigend, erklärend und hoffnungslos in der Luft herum.

Den Beschrienen aber nahm der verschneite Wald still auf. Der Zugführer sah ratlos nach der Stelle, wo der Mann, der die Sentimentalität nicht liebte, verschwunden war, die zwei Schaffner noch verdutzter und die Reisenden mit gerechter Aufregung. Es war auch unterhaltend, man hatte Zeit, die Lokomotive schlief, der Schnee tanzte und die schaufelnden Bauern waren noch fern vom Ziele. Und dann kam er und schwang triumphierend einen kleinen Tannenbaum, das hübscheste, wohlgewachsenste und stolzeste Weihnachtsstämmchen, das man je gesehen hatte. Er trug es den ganzen Zug entlang und alle Leute sehnten sich danach, es in ihrem Wagen zu haben. Das sechsjährige Kind streckte ihm leuchtend die kleinen Arme entgegen, und die Weihnacht hatte ihn eingeholt, den Mann, der ihr hatte entlaufen wollen.

Das Feinste daran ist, sagte meine Mutter, dass das Christkind den Menschen Stunde gibt in dem, was sie am schwersten lernen, in der Liebe. Am ersten Oktober fängt die Stunde an und nach Dreikönig hört sie auf. Oder nicht? Dauert sie länger, die Stunde des Christkinds?

Sechs Streichhölzer

In jedem Jahr seit dem Krieg wanderte Martha, die ältliche Schwester des Schulrats, am Heiligen Abend zum Kirchhof hinaus, ihre einsame Gedächtnisfeier zu halten. Gegen vier, wenn es anfing zu grauen, kam sie durch das noch geöffnete Tor die Ulmenallee herauf und ging den dritten Querweg nach links hinab bis zur Mauer, wo zur rechten Hand die Gedenkplatte eingelassen war.

„Franz Lammers, gefallen in Flandern am Heiligen Abend 1914", stand die Schrift in den Sandstein gemeißelt. Der aber nicht unterhalb seiner Gedenkplatte, sondern in Flandern lag, war ihr Verlobter gewesen, seines Zeichens Referendar.

Als Martha zum sechzehnten Male mit ihren Blumen und Kerzen durch das Kirchhofstor kam, war das Wetter wie immer, wenn der Winter sich nicht entschließen kann, weiße Weihnachten zu bringen: In der nässlichen Luft hing von Westen her ein gelber Schein und an den Baumstämmen rannen die Tropfen nieder. Durch den Schnee zu gehen, macht fröhlich; die Bäume brauchen dann keine Blätter; ihre Schönheit zu fühlen, weil sie sauber gezeichnet sind; jetzt aber stehen sie kläglich da in der Nässe und machen traurig.

Während Martha so in trüben Gedanken über den dritten Querweg hinabging, fühlte sie nach der Streichholzschachtel in ihrer Manteltasche und entdeckte nun erst, dass sie damit vergesslich gewesen war und ihre Kerzen nicht anzünden konnte. Zurückzugehen war es zu weit; so half ihr der Einfall, sich eine Schachtel bei dem Schuhmacher Querholz zu leihen, bei dem sie nachher ihre Spangenschuhe abholen gewollt hatte.

Der Schuhmacher Maximilian Querholz, den die Leute kurzweg den Maxim nannten, wohnte dem Kirchhofstor schräg gegenüber, wo sich die ältesten Häuser des Ortes an der ehemaligen Stadtmauer eingenistet hatten. Er war, wie die Schwester des Schulrats wusste, ein Trinker, kein Säufer zwar, aber einer von denen, die lieber mit dummen Späßen im Wirtshaus als bei der Arbeit sitzen. Diesmal hockte er mit aufgekrempelten Hemdsärmeln auf dem Schemel am Fenster, den schwarzen Schopf über den Pechdraht gesenkt, den er großartig auszog.

„Karle, die Schuhe für das Fräulein Schulrat!", befahl er nach hinten, als dürfe er keinen Augenblick seine Arbeit verlieren. Und als Martha, den Eifer abwehrend, ihr Anliegen vorbrachte, musste der Knabe nach den Streichhölzern springen.

„Es sind nur noch sechs in der Schachtel!", sagte er kleinlaut, der etwa zehnjährig und blass, das Gewünschte aus der Küche hinter dem Flur geholt hatte.

„Die müssten sechsmal reichen!", bedankte sich Martha: Die Schuhe würde sie nachher mitnehmen, wenn sie den Rest wiederbrächte. „Ihr habt ja elektrisches Licht und der Herd brennt?", fragte sie noch hausmütterlich und ging ihres Weges, der weitab von solchen Fragen führte.

Der Vorfall war kaum so bedeutend gewesen, dass sie ihn eigentlich wahrnahm; als sie die Blumen und Kerzen auf den Sockel unter die Gedenkplatte gestellt und sich auf die nässliche Holzbank davor gesetzt hatte, war er schon wieder vergessen. Doch als sie sich ihrer einsamen Weihnachtsgewohnheit hingeben und an den geliebten Mann denken wollte, wie er vor so vielen Jahren ein inniges Leben mit ihr geplant hatte, ehe der Krieg ihn hinaus in den Tod riss, gelang es ihr nicht wie sonst, sich zu versenken.

Statt in den Wunschbildern der Erinnerung sah sie sich in der Gegenwart dasitzen, wo sie ein altes Mädchen und im Haus ihres Bruders ein geduldetes Anhängsel war. Die Kinder sind fort, der Sohn studiert und die Tochter ist längst verheiratet. Ich war ihnen nur die unvermeidliche Tante, wie ich ihren Eltern die unvermeidliche Schwester und Schwägerin bin. Schließlich entwich sie aus dem Reich der Toten und wusste nicht, was sie unter den Lebenden wollte.

Martha war schon auf dem Heimweg am Heiligen Abend, als ihr die besohlten Spangenschuhe einfielen und dass sie dem Knaben Karl die Streichholzschachtel wiederbringen musste. „Fünf Hölzer sind noch drin!", nahm sie sich vor, ihm zu sagen, als sie sogleich umkehrte.

Als sie zum Haus des Schuhmachers zurückkam, stand es mit dunklen Fenstern in der letzten Trübseligkeit des sterbenden Tages. „Sie werden nach hinten hinaus in der Küche sitzen!", dachte sie, aber auch drinnen im Flur sah sie keinen Spalt leuchten. Nur die Kinder hörte sie offenbar im Dunklen singen. Sie sangen mit dünnen Stimmen das Lied von der stillen, heiligen Nacht; und es klang so rührend aus der Dunkelheit, dass sie die Haustür leise hinter sich zumachte, dem Gesang eine Weile zu lauschen. Nur der Knabe schien die Worte zu wissen, die Kleinen plärrten die Töne nach Kinderart mit; auch hatten sie schon den dritten Vers begonnen, dann war das Lied aus. Als aber die Schwester des Schulrats sich auf den Zehen nach der Haustür zurücktasten wollte, wurde in der Küche eine andere Wirkung hörbar. Der Knabe Karl weinte zuerst, dann plärrten die Kleinen sein Geweine mit, ihn bald so jämmerlich übertönend, dass die Horcherin nicht fortgehen konnte.

Gewohnt, ihrem Gefühl zu gehorchen, tappte Martha zur Küchentür und klopfte an. Augenblicks wurde es still und, wie der Spalt zeigte, hatte der Knabe Karl das Licht angedreht. Durch die bald geöffnete Tür sah sie die beiden Kleinen mit blinzelnden Augen am Küchentisch sitzen und der Knabe stand mit der Klinke in der Hand.

„Ich bringe die Schuhe gleich!", sagte er, verschluckte einen Seufzer und wollte an ihr vorüber in die Werkstatt. Aber sie hielt ihn zurück und begehrte zu wissen, warum sie das Lied so schön gesungen und gleich wieder geweint hätten?

„Es hat im Dunklen schöner als sonst geklungen!", begann sie und war nicht auf die Antwort gerüstet, die der Frage zuvorkam.

„Wir müssen sparen!", sagte der Knabe Karl, als sie verdutzt über den frühreifen Ton sich in der Entgegnung vergriff, ob denn der Vater nicht zu Hause sei?

„Der sitzt im Wirtshaus!"

„Aber die Mutter?"

„Die hat ein Kind gekriegt und liegt im Bett!"

Die Schwester des Schulrats sah die schwärzlichen Rinnen, die sich der kleine Kerl in den Trotz seines blassen Gesichts geweint hatte.

„Ja, wer macht euch denn den Christbaum?", fragte sie noch, Gewissheit zu haben.

„Uns hat das Christkind vergessen!"

Mit dieser Feststellung war freilich der Trotz des Knaben zu Ende. Er würgte an einem Seufzer, der den beiden Mädchen das Signal gab, von neuem mit ihrem Geweine zu beginnen.

Aber in Martha war schon der Dammbruch geschehen. „Ruhig, ihr kleinen Rotznasen!", tröstete sie in die Küche hinein und rüttelte den Knaben an beiden Schultern. „Wo ich doch selber das Christkind bin!" Und wusste nicht, woher ihr die Tränen stürzten, obgleich sie lachte.

„Hol mir die Schuhe geschwind!", befahl sie dem Knaben. Das war nur eine List, die weinenden Mädchen zu stillen.

„Ganz leise!", ermahnte sie das größere zuerst, dann das kleine und strich ihnen beiden über die harten Strähnen. „Ganz leise müsst ihr nun sein und warten, bis das Christkind den Baum bringt!"

Sie kam noch rechtzeitig hinaus auf den Flur, um den Knaben in die Werkstatt zurückzudrängen, wo er das Licht brennen gelassen hatte, damit es den Flur beleuchte. „Siehst du, Karl", sagte sie schwesterlich und nahm ihm die Schuhe aus der Hand, „wir wissen ja, wie sich das mit dem Christkind verhält. Wir beiden sind die Erwachsenen. Weißt du, wo wir jetzt noch rasch einen Baum kaufen können?"

Ja, das wusste der kleine Kerl mit dem gelben Stroh auf dem Trotzkopf genau.

„Also, hier hast du Geld. Wird es reichen?"

Er hielt ihr mit Hohn das Dreimarkstück auf der flachen Hand hin. „So viel kriegt er natürlich nicht. Er muss den Baum billiger geben, weil er ihm sonst liegen bleibt. Ich werde handeln mit ihm."

„Schon recht!", wehrte sie seinen unchristlichen Eifer ab, „und wo kommt der Baum hin, wenn wir ihn kriegen?"

„In die Stube", verfügte Karl, „aber wir müssen leise sein, weil die Mutter dahinter schläft."

Er führte sie auf den Zehen über den Flur in ein Zimmer, das einmal ordentlich gewesen sein musste, mit einem billigen Sofa hinter dem Tisch und einem Glasschrank, auf dem zwei ausgestopfte Schleiereulen standen. Nur ungeheizt war es und ungelüftet, sodass ihr die Luft auf den Atem schlug.

„Da müssen wir heizen und lüften", flüsterte sie, stellte die Spangenschuhe auf der Fensterbank ab und kniete zum Ofen hin. „Habt ihr Holz?" Ja, Holz hätten sie, tuschelte der Knabe zurück, in die Werkstatt hinübereilend und kam schon damit an.

„Kannst du es machen?", fragte er misstrauisch.

„Ich will es versuchen", tröstete sie und es war überflüssig, dass sie ihn zur Eile mahnte, denn er schlüpfte schon hinaus.

„Streichhölzer habe ich noch", stellte sie lächelnd fest.

Während das Holz zu knacken begann, öffnete sie das Fenster, frische Luft hereinzulassen; und sobald sie des Feuers gewiss war, schaltete sie das Licht aus, in die Küche zu gehen, wo die Mädchen mäuschenstill gewartet hatten.

„Ihr seid aber brav!", lobte sie und setzte sich an den vernarbten Tisch, erst der Dreijährigen und dann der Fünfjährigen auf die Hände zu patschen. Als nach einer Viertelstunde der Knabe hereinsah, zwinkernd und mit angehaltenem Atem, hatte die Schwester des Schulrats den kleinen Töchtern des Schuhmachers Querholz schon die ganze Weihnachtsgeschichte erzählt.

„Fünfundvierzig Pfennig der Baum, sechzig der Fuß; er wollte zwei Mark haben", erklärte Karl draußen und zählte ihr den Rest in die Hand.

Das Tännchen war freilich nicht ohne Ursache übrig geblieben. Als sie die zwei Handtücher auf den Tisch gebreitet und den bronzierten Fuß daraufgestellt hatten, sah es windig aus. Aber Martha lobte die dünnen Zweige: um so mehr ginge darauf.

„Habt ihr Kerzenhalter und Schmuck?", fragte sie den

Knaben, der schon am Glasschrank kniete und eine Pappschachtel herausholte. Es war nicht viel Gutes, doch das Bäumchen nahm das Wenige hin, während der summende Ofen anfing, Wärme zu verbreiten.

„Jetzt noch Kerzen, Äpfel und Lebkuchen!", flüsterte der Knabe Karl mit fachmännischem Gesicht zu ihr hinaus, während sie das schmächtige Machwerk betrachteten. Indessen er diesmal selber in die Küche ging, die Kleinen still zu halten, machte sich die Schwester des Schulrats auf den Weg, noch vor Geschäftsschluss das Fehlende herbeizuschaffen. Sie musste über sich selber staunen, wie sie aus einem Laden in den anderen hetzte; die sonst auf den Pfennig achtete, gab das Geld hin, als ob sie es los sein müsste. Den Mädchen kaufte sie Puppen mit Spitzenhauben und knallfarbenen Schürzen, dem Knaben Karl eine Mundharmonika, weil sie sich ausmalte, wie schön er darauf den Kleinen vorspielen könnte.

Als sie mit Schachteln aller Art zurückkam, war sie wirklich das Christkind, das mit übervollen Händen in das Haus des Schuhmachers trat.

„Komm schnell und hilf dem Christkind!", zwinkerte sie wie der kleine Kerl vorher und hatte richtige Hilfe an seinen geschickten Händen. Das niedrige Zimmer war warm geworden und ihr glühten bald die Backen, während sie Schachtel um Schachtel leerten und alles an seinen Platz brachten: Die Kerzen und Äpfel, die Lebkuchenherzen und blanken Kugeln, die sie noch dazu gekauft hatte, die Nüsse und ganz ein wenig Spekulatius, auch die Puppen, die als Prinzessinnen aus ihren Papiersärgen herausgeholt wurden; nur die Mundharmonika musste noch warten, den seligen kleinen Mann zu überraschen, dem die Tropfen auf der breiten Stirn standen und dem die Hände vor Ungeduld zitterten, die Schwestern hereinzuholen.

Aber die Kerzen anstecken durfte er nicht. Das müsse das Christkind selber machen. Wenn es klingele, dürfe er mit den Schwestern kommen! Denn sie hatte auch noch ein winziges Glasglöckchen gekauft.

„Nun sind es noch vier!", wollte sie zu der Streichholzschachtel scherzen; aber als sie die brennende Kerze hob, die andern damit anzustecken, zitterte ihre Hand, weil sie doch wieder an die Kerzen denken musste, die unterdessen auf dem Kirchhof erloschen. Bevor sie die Kinder rief, von deren Dasein sie bis vor einer Stunde kaum gewusst hatte, musste sie sich auf einen Stuhl setzen, in den Glanz der fremden Lichter zu starren, indessen ihre eigenen ausgebrannt waren. Seit dem Tag, da sie die Nachricht aus Flandern erhielt, hatte Martha nicht mehr so aus der Tiefe ihrer Natur geweint wie nun, da sie erfuhr, wie nahe beieinander Glück und Leid in der Seele des Menschen beheimatet sind. Dankbar hob sie die Hand nach dem Glöckchen, das hell und fein wie für Elfenohren zu läuten begann.

Rechts und links von den beiden andern geführt, wurde die kleine Johanna zuerst in das Zimmer geschoben. Der Knabe Karl hatte ihr noch das Gesicht gewaschen, und der Lichterglanz schimmerte auf der feuchten Haut. So weit waren die Kinderaugen geöffnet, dass der Mund nicht geschlossen sein konnte; und so selbstbewusst ihr Bruder den Führer spielte, auch seine Blicke strahlten verklärt in den Baum.

Als die Mädchen ihre Puppen nicht ohne Glücksrufe in den Armen hielten und der Knabe die zaghaften Lippen an der Mundharmonika auf und ab laufen ließ, indessen die Schwester des Schulrats auf dem Stuhl in der Ecke saß, ihr Glück zu betrachten, das schon ein wenig ihr eigenes war, ging die Tür auf und der Schuhmacher Querholz schob sich erstaunt und zaghaft ins Zimmer. Er hatte zwar im Wirtshaus gehockt, aber den Heiligen Abend nicht ganz vergessen, denn er brachte den Kindern ein „Christkind" mit, der kleinen Johanna eine Rassel, wie sie die Säuglinge kriegen, der fünfjährigen Emilie einen Ballon und dem Knaben Karl einen Brummkreisel: Alles so bunt und billig, wie die fliegenden Händler es auf den Straßen und in den Wirtshäusern feilbieten; und er hatte es auch so gekauft, ganz unbedacht, dass die Kinder unterdessen älter waren, als er sie im Kopf hatte.

Wie der Maxim mit dem ärmlichen Tand vor dem unerwarteten Christbaum und dem Glück seiner Kinder dastand und die Urheberin auf ihrem Stuhl in der Ecke wahrnahm, sah er mit seiner faltigen Schusterstirn weder stattlich noch klug aus; aber für die Kleinen war er der Vater und sie liefen ihm jubelnd zu, ihre Puppen zu zeigen. Im Augenblick brach der fröhliche Lärm aus, den Martha sorgsam gedämpft hatte. Als der Schuhmacher an den Baum gezerrt wurde, hatte sich auch der Knabe an ihn gehängt, ihm seine blanke Mundharmonika zu zeigen.

„Und das alles verdanken wir Ihnen!", versuchte der Maxim eine Anrede zu beginnen; aber nun war der Lärm schon zu laut geworden. Hinter der Tür fing der Säugling an zu schreien, wie es die Säuglinge an sich haben, wenn sie aus dem Schlaf geweckt werden, der noch ihr Element ist. Maxim öffnete die Tür zur Kammer und die Mädchen stürmten hinein, ihre Puppen zu zeigen. Auch der Knabe Karl fing an, der Mutter auf seiner Mundharmonika etwas vorzublasen.

In dem fröhlichen Lärm besann sich Martha, dass sie selber längst zur Bescherung im Hause des Schulrats hätte sein müssen, der hart auf Pünktlichkeit hielt. Während sie hinaushuschte, kam ihr eine Bitterkeit auf, dass sie im Eifer um die Mutter von allen vergessen wurde. „Im Haus des Schulrats bin ich ein Anhängsel, nur durch die Gewohnheit geduLdet, und hier war ich ein Eindringling", grollte sie und kam sich vor wie ein flüchtender Dieb, der fremdes Glück hatte stehlen wollen.

Im Hause des Schulrats empfing man Martha mit Vorwürfen, weil sie sich verspätet hatte. Das leere Fest ohne Liebe bei der Schwägerin und dem Bruder zeigte ihr erneut die Sinnlosigkeit ihres Daseins.

Am andren Morgen machte sich Martha früher für die Kirche bereit, denn sie wollte vorher noch in das Haus des Schuhmachers hineinsehen. „Nicht, dass ich mir meinen Dank holen will", sagte sie zu sich selber, aber sie hatte die Streichholzschachtel in ihrer Tasche als Mahnung gefunden, dass so gut wie gestern auch heute jemand im Schuhmacherhaus notwendig sein könnte.

Der Knabe Karl stand im Hausflur und hatte auf sie gewartet.

„Ich glaube, die Mutter stirbt", sagte er, als sie ihn fragte, warum er schon wieder geweint habe. Und der Schuhmacher, der im schwarzen Rock mit dem Gesangbuch dazukam, bestätigte ihr, dass ihm seine Frau gar nicht gefiele.

Martha freilich sah mit einem Blick auf die Wöchnerin, dass sie Fieber hatte. Sich Gewissheit zu verschaffen, nahm sie ihre Hand und hörte auf die gestammelten Dankesworte der Kranken nur mit freundlichem Nicken, den pochenden Puls zu fühlen.

„Um Gottes willen!", erschrak sie. Der Mann mit dem Gesangbuch sollte lieber zum Arzt gehen als in die Kirche! Sie sagte der Frau noch einige sanfte Worte, dass sie nun schlafen müsse, zog den Schuhmacher hinaus und fragte hinter der Türe, ob er ein Stück Papier und einen Bleistift habe?

Während Maxim nach der Art solcher Männer gleich heulerig wurde, hastete sie dem befreundeten Medizinalrat einen Zettel hin, er müsse sogleich nach der Wöchnerin sehen. „Febris puerperalis", schrieb sie, damit es der Schuhmacher nicht lesen könne und schickte ihn fort, der sie mit Fragen bedrängen wollte. Ob es schlimm sei? Und ob er den Kindern etwas sagen müsse?

Als er hinaus war, ging Martha in die Küche, wo die Mädchen ihre Puppen tanzen ließen zu einer Musik, die der Knabe auf der Mundharmonika leise zu blasen versuchte.

„Es ist gut, dass du da bist!", sagte er, der sofort aufgehört hatte zu spielen. „Was soll ich nun machen?"

Sie konnte dem kleinen Kerl, der das wie ein Erwachsener sprach, nur über den Schopf streicheln, so gerührt war sie von seinem Vertrauen. „Wenn der Doktor kommt, wird er heißes Wasser haben wollen, sich die Hände zu waschen!", sagte sie und ging zum Küchenherd, der zwar noch warm war, aber kein Feuer mehr hatte.

„Also Holz!", kommandierte sie, und als er es brachte, holte sie die Streichholzschachtel aus der Tasche. „Jetzt sind es nur noch drei", versuchte sie zu scherzen, stieß aber so ungeschickt ans Papier, dass ihr schüchternes Flämmchen erlosch.

„Noch eins ist übrig, wenn das andere angeht!", sagte der Knabe Karl – und als es anging: „Jetzt musst du noch einmal kommen!"

Der Medizinalrat mit seinem roten Knabengesicht kam bald – ohne den Maxim, der es offenbar mit der Kirche so genau nahm wie mit dem Wirtshaus – und es war Kindbettfieber, wie Martha erkannt hatte.

„Bedenklich!", sagte er leise. Das Kind müsse natürlich fort von der Mutter. Er würde die Schwester Agathe herüberschicken, die aber nicht bleiben könne, weil die beiden andern in ihren Weihnachtsurlaub gefahren seien. Da das Fräulein Martha nun einmal hier den Weihnachtsengel spiele, mache es sich gut, wenn sie für heute aushelfen könne. Er würde dem Herrn Schulrat telefonieren.

Der Medizinalrat sagte das in der Küche, während er sich die Hände in der dampfenden Schüssel wusch, die ihm Martha mit einem sauberen Handtuch hingestellt hatte, und achtete der Kinder nicht. Aber der Knabe Karl tat auf der Mundharmonika einen Freudenschrei, über den er selbst erschrak, bevor sie ihm drohte.

„Das ist fein!", sagte er.

Auf diese Weise kam die Schwester des Schulrats am ersten Weihnachtstag als Aushilfspflegerin in das Haus des Schuhmachers; und da sie im Krieg gepflegt hatte, war sie nicht fehl am Platz. Karl erklärte, dass es zum Mittag Spätzle und Kartoffelsalat gäbe; er habe schon alles vorbereitet. Und so sehr sie über den kleinen Koch staunte, er litt es nicht, als sie sich einmischen wollte. Wenn sie die Betten mache und die Kinder verwahre, erklärte er, sei es genug.

So machte sie die Betten: Das neben der kranken Frau, die mit kurzen Atemzügen schlief, und die andern oben in der Kammer. Sie sah bald, dass hier eine ordentliche Frau ihre Armut in Ordnung gehalten hatte; aber nun lag sie schon tagelang und das sah Martha auch. Sie aß nachher mit dem Schuhmacher und seinen drei Kindern Spätzle mit Kartoffelsalat. Der Maxim äugte verlegen über seinen Teller nach ihr, aber der Knabe Karl stellte mit Stolz fest, dass es ihr schmeckte; und sein Gekoch war tatsächlich nicht übel.

Offenbar war sie doch nicht so notwendig im Haus des Schuhmachers, wie sie gedacht hatte; und als gegen Abend der Medizinalrat mit dem Krankenwagen kam, er habe es sich überlegt und wolle die Frau doch lieber gleich ins Spital neh-men, da war sie nur noch für die Stunde entbehrlich, in der sie die Frau und den Säugling als gefährdete Lebeware verluden; denn der Maxim verlor nun völlig den Kopf und die Mädchen weinten ungehemmt. Nur der Knabe Karl sah dem grau-samen Eingriff in die Familie mit forschenden Augen zu.

Als danach der Schuhmacher selber den Christbaum an-gesteckt hatte und sichtbar den guten Vater herauskehren wollte, schien es Martha nicht richtig, ihm darin abträglich zu sein. Sie ließ sich die Spangenschuhe geben, die sie gestern doch noch vergessen hatte, und verließ das Haus, wie sie dachte, endgültig. Als sie unterwegs beide Hände in den Mantel vergraben wollte, fand sie die Schachtel mit dem einen Streichholz darin, die der Knabe Karl heimlich hinein-gesteckt hatte.

Das eine Mal noch, das sich der zehnjährige Sohn des Schuhmachers so innig erbettelte, kam schon am andern Tag, da ihr der Medizinalrat telefonierte, er sähe den Zustand der Wöchnerin für hoffnungslos an. Als Martha das böse Wort aus dem schwarzen Apparat hörte, sah sie das blasse Trotz-gesicht des Knaben, als hätte er statt ihrer den Anruf emp-fangen.

„Ich werde nun im Schuhmacherhaus noch mehr als ein-mal nötig sein!", stellte Martha fest und brauchte keinen Vorwand, am zweiten Weihnachtstag nach ihren Schützlin-gen zu sehen. Sie fand sie schon wieder allein, weil der Maxim seinen gewohnten Trost zu suchen unterwegs war; auch erwies es sich, dass der Knabe seiner Mutter nur die Spätzle und Kartoffelsalat abgeguckt hatte. Damit es an diesem Mittag etwas zu essen gab, musste Martha mit ihren eigenen Kochkünsten eingreifen.

Seitdem ging die Schwester des Schulrats an jedem Tag für einige Stunden hinüber; sie war es auch, die nach dem Telefonruf des Medizinalrats die Todesanzeige in das Schuhmacherhaus bringen musste. Maxim wusste Bescheid aus ihrem Gesicht, ehe sie ein Wort gesagt hatte. Er schüttelte den borstigen Kopf, als wäre ihm eine Bosheit angetan worden, und die Erbitterung, mit der er die Kinder aus der Küche hereinrief, ihnen den Tod der Mutter anzusagen, versöhnte Martha fast mit seiner Sturheit. Die Mädchen sahen nach dem Bruder; weil der ein finster trotziges Gesicht machte, taten sie es auch, bis der Schuhmacher selber die Heulerei anfing, in die sie alle drei einstimmten.

Wenn die Schwester des Schulrats in diesen Tagen über ihre Erfahrungen im Schuhmacherhaus nachdachte, so waren die veränderten Lebensumstände das Augenfälligste daran. Sie hatte im Haus ihres Bruders ein staubfreies Dasein mit Büchern, Bildern und Noten gehabt, auch im Haushalt nur angefasst, wo die groben Dinge getan waren; im Haus des Schusters Maxim war für solche Zimperlichkeit kein Platz. Es war nicht schmutzig darin, dafür hatte die gestorbene Frau offenbar zu fleißige Hände gehabt, aber es stand in der sichtbaren Armut doch vieles verwahrlost da.

Auch roch nicht nur der Maxim nach Bier, wenn er aus dem Wirtshaus kam, sondern der Armeleutegeruch in den Stuben konnte so unerträglich werden, dass Martha die Fenster aufriss, die sie doch um der teuren Wärme willen gleich wieder schließen musste, denn auch zu Kohlen reichte das Geld nicht. Es gab noch anderes für sie zu tun als Betten machen und die Kinder bewahren, wie es der Knabe Karl ihr zugewiesen hatte, obwohl das schon genug Überwindung kostete; und es war nicht so einfach für ihre Verwöhnung, sich das Essen schmecken zu lassen, das in der

Küche des Schusters gekocht wurde, wo es nach schwarzer Seife und Haaröl roch, weil sie zugleich als Waschraum für alle und alles dienen musste.

So eifrig darum die Schwester des Schulrats ihren Dienst im Schuhmacherhaus tat, so gab es Augenblicke der Besinnung, wo sie Furcht hatte, sich zu verstricken, weil die Lebensumstände dieses Dienstes ihrer Gewöhnung auf die Dauer unmöglich schienen. Aber sie brauchte dann nur zu denken, dass ihr der Dienst wieder genommen würde, um tief zu erschrecken. Es war ein Ruf des Lebens gewesen, dem sie Antwort gegeben hatte, und nun konnte sie nicht mehr in ihr leeres Dasein zurück, wo sie mit Nichtigkeiten die Stunden hinzubringen genötigt war.

Als sie am Neujahrsmorgen hinter dem Sarg der Schuhmacherfrau die Allee des Kirchhofs heraufkam, führte sie die beiden Mädchen rechts und links an den Händen, indessen der Maxim vor ihr in seinem schwarzen Rock die Hand des Knaben umklammert hielt; als ob er von dem Zehnjährigen geleitet würde, so todernst setzte der seine Schritte. Sie konnte keinen Schmerz um eine Frau haben, die sie kaum gekannt hatte; sie fühlte auch die kalten Finger der Kleinen mit Rührung und Mitleid, aber die Gestalt des Knaben umfasste sie schon mit Liebe.

Und während nachher in den Wintermorgen hinein pfarrerliche Trostworte gesagt wurden, die Herzen der schwarzen Menge zu rühren, die sich aus dem zertrampelten Schnee um das aufgerissene Loch der Erde drängte, wurde sie der Sonderbarkeit wehmütig bewusst, dass sie nun in der vorderen Reihe der Leidtragenden stand, die am Heiligen Abend noch einsam zu ihrer Gedenkplatte an der Mauer gegangen war.

So lange ihr die Worte des Pfarrers ins Ohr klangen, gingen auch ihre Gedanken; als aber die Sprache der Schollen auf den Sarg zu rumpeln begann, und Einzelne vor den Schuhmacher traten, ihm zum Zeichen des Beileids stumm die Hand zu drücken, als der Knabe Karl sich zu ihr wandte mit seinem von Tränen nassen Gesicht, den so tapfer drei Schollen auf den Sarg der Mutter geworfen hatte und sie mit großen Augen gleichsam nach der Unbegreiflichkeit fragte, die hier geschah, da konnte die Schwester des Schulrats nicht länger ihrem Gefühl standhalten. Sie umfasste ihn mit beiden Armen wie eine Mutter.

„Komm!", sagte sie in die eigenen Tränen hinein, raffte die Hände der weinenden Kleinen und verließ den schwarzen Schauplatz des sich auflösenden Trauergefolges, mit ihrem kleinen Lebensgefolge den dritten Querweg nach links hinab zur Mauer zu finden, wo ihre Gedenktafel war.

„Kannst du das lesen?", fragte sie den Knaben Karl, indessen sie die Mädchen rechts und links zu sich auf die Holzbank setzte und den scheu Widerstrebenden an sich zog.

„Franz Lammers, gefallen in Flandern am Heiligen Abend 1914", las er, wie Schulkinder lesen, und ließ seine Augen an der ausgemeißelten Schrift hängen. Und als sie weiter fragte: „Weißt du auch, wer das war?", nickte er nur.

Sie aber stand auf von der Bank und trat an den Sockel, die im Schnee verfallenen Blumen aus den Vasen zu nehmen. „Der Wind hat sie ausgeblasen!", sagte sie zu der halben Kerze, während die andere bis auf ein Klümpchen Stearin um den schwarzen Docht niedergebrannt war. Und schien in ihrer Wehmut die Kinder doch wieder vergessen zu haben, bis sie mit sieghaftem und fast listigem Lächeln in ihre Manteltasche fasste, die Streichholzschachtel herauszuholen. „Eins ist noch drin!", schelmte sie und sah den Knaben Karl an: „Jetzt wollen wir sehen, ob der Wind noch immer böse ist!"

Das Flämmchen aus dem roten Kopf an dem winzigen Holz war kräftig genug, der Luft standzuhalten und sich von einer behutsamen Hand auf den Docht übertragen zu lassen.

„Wenn er noch lebte", sagte Martha zu ihren Schützlingen, und ihre Stimme klang einen vernehmlicheren Trost in die Ohren der Kinder, als es die Worte des Pfarrers vermocht hatten: „Wenn er noch lebte, wäre ich eine Mutter, so Gott es gewollt hätte. Nun bin ich ein altes Mädchen; aber der in Flandern am Heiligen Abend fiel, will, dass ich eure Mutter sei. Und ich will seinen Willen erfüllen!"

Als die Schwester des Schulrats das gesagt hatte, nicht die Frau, sondern die Magd des Schuhmachers Querholz zu werden, weinten sie alle vier eine Weile. Sie gab jedem Kind einen Kuss auf den Mund und raffte die kleine Johanna hoch, sie in den Armen zu tragen, indessen Karl, der Knabe und die Schwester Emilie sich rechts und links an sie hielten, aus dem dritten Querweg hinauf in die Allee, aus dem Reich des Toten in das Reich der Lebendigen zu kommen, wo Martha nun wusste, was sie da sollte.

„Man hat mir immer gesagt, das Christentum sei eine Pflicht und die Liebe ihr höchstes Gebot!", versuchte die Schwester des Schulrats einmal dem Medizinalrat eine Erklärung zu geben: „Ich habe aber erfahren, dass Liebe kein Gebot, sondern Glück und Gnade und das Christentum darum die frohe Botschaft ist. Ich sehe kein Opfer, das mir abverlangt wird, sondern Gunst, die ich dankbar erfahre. Wenn wir Gott im Himmel mit unsern Wünschen bedrängen, so sind wir Kindern gleich, die in den Lichterglanz starren, als schwebten Engel darin, Wunschbilder zu erfüllen. Ich habe mit Klagen mein Leben versäumt, bis ich erkannte, dass Wünsche nur für Kinder da sind. Liebe hat Geben und

Nehmen: Dem Nehmen sind grausame Grenzen gesetzt, dem Geben nicht. Alle, die Unglück hatten im Nehmen, können sich glücklich machen im Geben; und keiner ist zu alt oder zu schwach, dass er nicht einen Gebeplatz seiner Liebe fände."

Das war aber schon zu der Zeit, da sie nicht mehr die Magd des Schuhmachers, sondern selber die fröhliche Flickschusterin war. Denn als der Maxim im Sommer, von einer schweren Trinkerei kommend, am Bordstein vor seiner Tür das linke Bein zweimal zerbrach und lange im Bett liegen musste, lernte sie selber, so weit es ging, die Flickschusterei, damit das Geschäft nicht versiege: Sohlen zu schneiden und zu klopfen, Flicken mit dem Pechdraht zu nähen und die neumodischen Gummiabsätze aufzukleben. Alles lernte sie von dem Maxim mit dem schwarzen Borstenkopf, der wehleidig im Gipsverband lag; und der Knabe Karl half ihr dabei in der Werkstatt, wie sonst im Haushalt. Und es war gut so, dass sie die Mühe nicht scheute, weil der Schuhmacher zuletzt doch noch an einer Embolie starb.

Die den Ort wissen, kennen sie gut, wie sie dasitzt auf ihrem Schemel und den Kunden schon durchs Fenster entgegenlacht mit dem gesunden Gesicht unter den immer noch blonden Haaren. So tapfer ist das, was die Schwester des Schulrats an den Kindern des Schuhmachers tut, dass selbst die Konkurrenz schweigt, der zu schweigen am schwersten fällt.

Nur Karl der Knabe aber und sie wissen, wo in der Schublade versteckt eine leere Streichholzschachtel liegt, die sie heimlich hüten.

(Der Text wurde leicht gekürzt.)

Von einem, der „hinter die Dinge" sah

Der Bauer Heinrich Baeumer hatte zur Stadt fahren müssen, um Eichenlohe zu verkaufen. Schwer war die Zeit, die Herrschaft Napoleons hatte das Land arm gemacht; der Viehbestand war zurückgegangen; Steuerlasten drückten die Höfe. Das Geschlecht der Baeumer saß seit ein paar Jahrhunderten auf seinem Hof, den man im Dorf kurzweg „dat Lötzehus" nannte. Auch hier war ein reiches Geschlecht verarmt.

Und doch blieb's heimelig in dem alten Bauernhaus mit seinen starken, eichenen Balken. In der offenen Herdstelle auf der großen Diele knisterten die Buchenscheite. Die zierlich lebhafte Hausfrau Marie Agnes nutzte das letzte Tageslicht zum Spinnen. Es war zwei Tage vor Weihnachten. Draußen wehte ein eisiger Nordwest, ab und zu wirbelten Schneeschauer gegen die Fenster.

Unruhe überfiel die Frau, wie immer, wenn es auf den Abend ging und der Mann noch nicht daheim war. Nicht dass sie ängstlich gewesen wäre. Aber es stand da eine Sorge. Immer noch blieben es unruhige Zeitläufte, immer wieder hörte man von umherstreifenden Horden, die raubten und plünderten.

Kinderstimmen kamen von draußen. Ja, freilich, die dachten nur an Weihnachten. Und der treue Knecht sollte ihnen am Feierabend Pikschlitten machen: Welch eine Wichtigkeit! Herein traten der schlanke Hermann und der kleine, untersetzte Henner, mit ihnen der Knecht.

„Jakob, wird auch der Vater gewiss in der Stadt ans Mulding (Mundharmonika) denken?"

„Jakob, wird er auch nicht mein Messer vergessen, das mit der großen Klinge?"

„Wer's weiß, wird's wisse", rätselte gutmütig brummend der lange Jakob, der schon der Mutter seines Herrn in ihrer langen Witwenschaft treu zur Seite gestanden. „Ich geh dem Bauern entgegen, Frau, mag sein, dass er mit dem Ochsen bei dem Schnee nicht gut vorankommt."

Ein dankbarer Blick der Frau traf den Knecht; sie liebten beide den Mann, den harte Jugendjahre ernst und still gemacht hatten. Er wollte damals nicht unter Napoleons Fahnen dienen, musste als Flüchtling in den Wäldern ein armes und gehetztes Leben führen, und seine Eltern hatten immer neue Abgaben liefern müssen als Sühne für die Flucht. Oft hing dazumal sein Leben an einem Faden. Aber „er sieht hinter die Dinge", sagten die Leute von ihm.

Draußen heulte der Sturm. Die Jungen halfen der Mutter und bereiteten das Abendessen. Doch alle Gedanken galten dem Erwarteten, und Henner fiel es bedrückend ein: „Ach du, an der Hexwies muss er ja auch vorbei. Mutter! Wo die Hexe schon mal den Ochsen ausgespannt hat!"

Aber da hörten sie den Schlitten des Vaters. Gemächlich bog der falbe Fahrochse in den Hof ein. Wie die Schneemänner sahen der Vater und der Knecht aus. Nun hieß es erst den Ochsen abreiben und versorgen!

Doppelt gut dann, dass die warme Abendsuppe schon für die Männer bereitsteht. Hundert Fragen muss der Vater beantworten. In den Augen der Frau brennt ein stilles Licht.

Der 24. Dezember bringt noch Arbeit genug. Dieses eine Mal im Jahr wird auch in den ärmsten Zeitläuften im Backhaus Kuchen gebacken; ein großes Stück Schinken ist für die

69

Feiertage gekocht; gedörrte Zwetschgen und Klöße sind bereitet; sogar Bier hat die Bäuerin gebraut und Lichte gezogen, dass man es hell und warm hat in der großen Stube. Für jeden hat sie ein warmes Wams bereitet und Strümpfe, denn die Schafe haben gut Wolle gegeben.

Von oben bis unten blinkt alles von Sauberkeit. Henner hat die Diele mit weißem Sand bestreut. Die Jungens werfen den Tieren einen besonderen Arm voll Heu vor, der Hofhund bekommt ein Stück Fleisch. Nun ist alles bereit für die Weihnacht und ... in *der* Nacht wird das Christkind auf einem Esel durchs Dorf reiten und guten Kindern eine Gabe bringen. Da muss am Tor für den Esel eine Raufe bereitstehen mit dem besten Heu. Ist sie am Morgen leer, dann hat das Christkind Wohlgefallen gefunden an diesem Haus und seinen Bewohnern, seine Gaben zurückgelassen und ist segnend davongeritten.

Müde von allem Helfen, im kindlichen Glauben an das Wunder dieser Nacht, schlafen die Knaben ihren gesunden Kinderschlaf oben im Doppelbett in der großen Stube, wo seit Jahrhunderten die Kinder schlafen.

Spät noch kommt der alte Philippse Vater angestapft, klopft den Schnee von den Stiefeln und steckt den Kopf zur Tür hinein: „Backt Ihr denn heute Abend noch im Backhaus, Nachbar?"

„Nein, mit dem Backen sind wir längst am Ende."

„Aber da ist doch noch Licht im Backes (Backhaus)."

„Soll mich doch verlangen, was da los ist!"

Der Bauer geht die wenigen Schritte hinüber. Da ist wirklich ein schwaches Licht. Und als er die Tür öffnet, findet er eine eigenartige Weihnachtsbescherung: liegt da ein armselig schwarzes Weib im Stroh mit einem neugeborenen Kind; ein Mann hantiert an dem ärmlichen Lager, ein schwelendes Öllämpchen ist daneben hingestellt. Zigeuner sind durchgezogen am Tag, da ist über die Frau ihre Stunde gekommen, und der Mann hat mit ihr hier Unterschlupf gesucht. Bitter kalt ist's, und draußen schreien die Käuzchen von den beiden hohen Tannen.

Misstrauisch und bittend sieht der Zigeuner den Bauern an. Der blickt auf die armselige Gruppe und muss plötzlich an eine andere Frau denken, die auch in Armut und Not keine Herberge fand für sich und ihr Kind, auch in einer Nacht, die seitdem die heilige Nacht heißt. Und da er immer „hinter die Dinge" sieht, weiß er, was er als Christenmensch hier zu tun hat.

„Ich will die Bäuerin rufen, die wird euch helfen", sagt er und wendet sich zum Haus.

Da wird es wieder lebendig im Lötzehus. Das ist so etwas für Marie Agnes' tatkräftige Art. Sie richtet die Kammer im Oberstock. Die Magd macht ein Feuer im Ofen und brummt dabei: „Versorgt wird das Heidenmensch wie eine Prinzessin!" Der Knecht heizt den Kessel zum Bad fürs Kind, und ehe die heilige Stunde der Weihnacht anhebt, liegen Mutter und Kind warm und satt in einer Geborgenheit, die das Weib sonst nur von ferne kannte.

Auch der Zigeuner hat ein Lager gefunden.

Am ersten Feiertag, noch ehe es hell wird, war das Christkind schon da, denn Hermann hat wirklich ein Messer und Henner eine Harmonika, und die gebackenen Hasen mit Rosinenaugen schmecken ihrem nur Schwarzbrot gewohnten Gaumen, als kämen sie direkt aus dem Himmel.

Und dann ist noch das Wunder da von einer Frau und einem kleinen Kind, das gerade in der Heiligen Nacht geboren wurde und gerade bei ihnen Zuflucht fand. Der Vater erzählte es ihnen schon, als sie mit ihm zur Christmette wanderten, zur alten Kirche drüben in Oberholzklau, Jakob voraus mit einer Laterne. So wundersam ist das alles wie die Nacht mit den wandernden Lichtern, mit denen die Bauern aus dem ganzen Kirchspiel auf allen Wegen rings zu ihrem Kirchlein streben.

Nach wenigen Tagen ziehen die Zigeuner ihrer Sippe nach. Es hält sie nicht länger. Aber der Bauer lässt sie nicht eher los, als bis in seinem Haus das kleine Menschlein getauft ist. Er selbst steht Pate. Marie Agnes aber hat ein heißes, frauliches Mitleid, das Neugeborene in Kälte und Ungewissheit hinauszulassen, und schützt mit manchem warmen Gewandstück ihrer Kinder das kleine Wesen auf seinem Weg in den Winter.

Einige Jahre gehen ins Land. Zu einer Gerichtsverhandlung muss der Bauer in die entfernte Oranierstadt (Dillenburg), die die Gerichtsbarkeit hat. Es ist ein weiter Weg durch winterliche, unwegsame Wälder und Höhen. Vor Tag bricht er auf.

Der Gang durch Schnee und Eis wird ihm schwer. Immer einsamer stehen die Wälder und Berge. Raureifnebel fallen. Man sieht nur ein paar Schritte weit. Waren das Stimmen? Menschen? Unwirklich stehen in dem Nebel Bäume und Gestalten.

Ja, es sind *doch* Gestalten!

Und sie dringen auf ihn ein. Er wird angerufen: „Geld her! Waffen heraus!" Schon sind verwegene Männer ganz nahe, der eine hebt eine Keule zum Schlag – da tönt schneidend ein „Halt!" dazwischen. Und ein Schrei: „Wer den Mann anrührt, ist des Todes!" Die Keule senkt sich. Die Leute werden unsicher. Der eine, der befehlend rief, redet auf sie ein und gewinnt die Führung. Die Gestalten verschwinden im Nebel.

Heinrich Baeumer aber erkennt den Zigeuner, dessen Frau und Kind er einst Obdach und Pflege gab. Der führt ihn selbst durch den Wald auf die sichere Straße. Aus Not wollten er und seine Gesellen einen wohlhabenden Mann berauben, da erkannte er seinen Wohltäter.

Heinrich Baeumer hatte wieder einmal Gelegenheit „hinter die Dinge" zu sehen. Er schaute, was er immer wieder sah hinter den verschlungenen Pfaden seines Lebens: eine Vaterhand, die die Fäden des Lebens wob und knüpfte und ihn führte. Und dieser Wirklichkeit, die hinter den Dingen steht, hat er sein Leben lang sich anvertraut.

Unverhoffte Weihnachtsfreude

Sie war mit ihren Gedanken immer noch am Totensonntag, obwohl Weihnachten schon vor der Tür stand. War denn ihr Leben als verlassene Witfrau nicht ein einziger Totensonntag, ein unaufhörliches Gedenken an die Gewesenen, an den einzigen Sohn, der auf der Krim gefallen war, und an seinen Vater, den vor drei Jahren ein vorüberrasender Lastwagen der Besatzungsmacht von der Seite seines Kuhgespanns weggerissen und dem Tod in die Arme geschleudert hatte? Nun lebte sie nur noch mit den Toten und verschloss sich in ihrer Trauer den Lebenden.

Nicht, dass sie den Heimatvertriebenen unter dem Dach ihres Hauses unfreundlich oder lieblos begegnet wäre, nein, dessen war sie nicht fähig; denn der Grundzug ihres Wesens war Güte. Sie half, wo sie konnte, tat es aber wortkarg und wie teilnahmslos. Wenn sie ihr sauberes kleines Gehöft am Eingang des Dorfes ansah, das hübsche neue Wohnhaus mit neuer Scheune und Stallung und den mit weißen Latten umzäunten Hausgarten, alles in lebenslanger Mühe mit Mann und Sohn erarbeitet, dann stieg ein bitteres Gefühl in ihr auf. Warum hatte Gott sie so schwer geprüft? Warum ihr nicht einen lieben Menschen gelassen? War sie denn unwürdiger als die Nachbarinnen, denen die Männer noch zur Seite standen, denen ein heimgekehrter Sohn oder eine glücklich verheiratete Tochter Enkelkinder schenkte? Wenn sie so das Leben auf den Nachbarhöfen sah und dabei an sich selbst dachte, kam sie sich vor wie ein absterbender alter Baum, dessen Jahre gezählt sind und dessen Wurzeln keinen kleinen Stämmling mehr nach oben treiben können.

Ach, und nun kam das heilige Christfest herbei, vor dem ihr heimlich bangte! Die Hausgenossen feierten es mit ihren Kindern unter dem Lichterbaum und luden gewiss auch sie wieder dazu ein. Aber diesmal wollte sie in ihrer Stube allein bleiben, kein Licht anstecken und im Dunkeln mit ihren Toten Zwiesprache halten. Wohl würde sie den Kindern Backwerk, Äpfel und Nüsse hinaufschicken, damit sie doch ihre Weihnachtsfreude hätten. Aber zu ihnen gehen, mit ihnen fröhlich sein, das vermochte sie nicht. Wie soll man denn auch den Jubel beschenkter Kinder ertragen, wenn man nur Tränen und Todesgedanken hat! Und den Kleinen die Freude trüben? – nein, da blieb man lieber weg.

Der Bach in den Wiesen hinter dem Gehöft setzte von den Ufern her schon Eisränder an, war aber in der Mitte noch offen und rann zwischen den kahlen Weiden dahin. Auf Wegepfützen und Flutgräben schurrten die Kinder einzeln und stehend dahin oder sie ließen sich in Hockstellung, eine dichte Kette bildend, von einem kräftigen Jungen über die spiegelnde Bahn ziehen. Ihr Lärm hallte bis ins Dorf hinein. Einzelne Flocken fielen, groß und vom Wind gewirbelt, und verfingen sich in den Haaren der Kinder. Dann begann es dichter und dichter zu schneien. Ein lautloses Gewimmel erfüllte die Luft und deckte alles Gegenständliche mit weichem Flaum zu.

„Das ist Weihnachtswetter, wie man's gerne hat", riefen die Nachbarn einander zu. „Ja", kam's zurück, „weiße Weihnachten, grüne Ostern. So muss das auch sein." Und alles freute sich auf die hehren Festtage im schimmernden Schneekleid.

Einigen im Dorfe wurde aber die Vorfreude gemindert

durch den Bescheid des Kreiswohnungsamtes, dass die Gemeinde noch eine Anzahl heimatloser Menschen aufzunehmen habe. Das mit Flüchtlingen überfüllte Land Schleswig-Holstein, wohin sich Hunderttausende vor dem Ansturm aus dem Osten gerettet hatten, musste entlastet werden. Jedes der anderen Bundesländer sollte noch einige Tausend aufnehmen, sodass auf jeden Kreis einige Hundert kämen. Und nun regte sich mancher in seinem Eigentum verbliebene Besitzer auf, dass das Los ihn treffen und mit noch einem oder zwei Hausgenossen bedenken könnte.

Der Bürgermeister und der Wohnungsausschuss der Gemeinde hatten ihre liebe Not, hier und da noch ein offenes Herz und eine offene Tür zu finden. An vielen Stellen sang man ihnen Klagelieder vor, wie unerträglich noch weitere Quartiergäste seien, verwahrte sich mit heftigen Worten dagegen und wies auf den und jenen hin, der noch reichlich Raum hätte, aber – man wisse schon warum – verschont würde. Dem Bürgermeister war diese Weise nicht fremd; er hatte sie schon zum Überdruss gehört.

Endlich war's ihm mit dem Hinweis auf das Fest des Lichtes und der Liebe oder, wo das nichts half, auf seine amtlichen Machtbefugnisse gelungen, den notdürftigen Wohnraum bereitzustellen.

Die Eingewiesenen wurden auf Lastwagen aus der Kreisstadt abgeholt und zur Begrüßung durch den Bürgermeister im Schulsaal versammelt. Er hieß sie willkommen, sagte ihnen jede mögliche Hilfe zu, bat, sich in die beschränkten Wohnverhältnisse der kleinbäuerlichen Familien zu schicken und sich bei Mängeln und Härten an ihn zu wenden. Dann wurden sie den einzelnen Hauswirten zugewiesen. Wünsche bezüglich ihrer Unterbringung äußerten sie nicht. Wie sollten sie das bei der völligen Unkenntnis der Einheimischen und ihrer Verhältnisse auch können! Für sie galt das Bibelwort: „Los wird geworfen in den Schoß; aber es fällt, wie der Herr will."

Unter den Heimatlosen war eine abgehärmte junge Frau mit einem etwa sechsjährigen Knaben, der aus graublauen Augen in die ungewohnte Dorfwelt schaute. Er war bisher aus einem Barackenlager ins andere gewandert und hatte in seinem kurzen Erdendasein nur die Welt hinter Stacheldraht kennen gelernt. Nun tat sich ihm hier eine ganz neue Welt auf, die er mit kindlicher Verwunderung wahrnahm.

Dem Bürgermeister fiel der Junge auf und er beobachtete ihn unauffällig. Der Junge hat etwas im Gesicht, das mich bekannt anmutet, dachte er, während er von der Mutter die Papiere entgegennahm und sie nach Namen, Herkunft und Beruf fragte.

Sie sagte: „Gertrud Enneberg" und fügte den Ort ihrer Herkunft hinzu.

„Und Ihr Mädchenname?", fragte der Mann.

Sie errötete verlegen und schwieg.

Er sah sie fragend an, wandte dann aber den Blick weg; er hatte ihr Schweigen verstanden.

„Das ist mein Mädchenname", gestand sie nun. „Ich bin nicht verheiratet." Sie sprach's leise und scheu verhalten.

„Soso! – und das ist Ihr Kind?"

„Ja, mein Kind", bestätigte sie halblaut. Und um den Verdacht abzuwenden, als hätte sie sich einem Unwürdigen hingegeben, fügte sie hinzu: „Sein Vater ist ein deutscher Soldat." Und dabei nestelte sie ein Bildchen aus ihrer Manteltasche und hielt es ihm hin. Wortlos sah er's an. Ist das nicht, fuhr es ihm wie ein Blitz durch den Sinn, ist das nicht Neubauers Reinhard? Wie kann das möglich sein! Er wandte sich an den Gemeindeschreiber, der die Listen führte und

77

ordnete an: „Frau Gertrud Enneberg" – er sagte betont „Frau" und empfing dafür einen dankbaren Blick der Genannten – „Frau Gertrud Enneberg mit Sohn – wie heißt doch der Junge?", unterbrach er sich.

„Reinhard", sagte die Mutter.

„ – kommt nicht", fuhr der Bürgermeister fort, „zu Tischlermeister Blankenbach, sondern zu Neubauers. Das ist in der Liste abzuändern! – Und du, Grete, bringst die Frau mit ihrem Jungen hin!"

„Ja, Vater", sagte das Töchterchen, das sich ob des Auftrags sehr wichtig vorkam, und ging den beiden voraus. Gertrud Enneberg nahm ihr Gepäck auf – sie hatte nur geringe Habseligkeiten – und folgte mit ihrem Jungen an der Hand dem Mädchen. Das Herz klopfte ihr zum Zerspringen. Zu wem würde sie kommen? Wie aufgenommen werden? Welche Wände würden sie bergen? Was sollte sie hier mit ihrem Leben anfangen? Sie hatte nicht mal den Mut, ein paar Worte an das unbefangene Kind zu richten, das sie ihrem Schicksal entgegenführte. Verwundert und leichteren Herzens sah sie nun das nette Gehöft mit dem wohnlichen Haus, das sie hinter ihrer kleinen Führerin her betrat.

Die Bäuerin empfing sie in der Stube. Sie hatte ein mütterliches Gesicht, das vom Schmerz gezeichnet war.

„Base Trinchen", sagte Grete zutraulich, „hier bringe ich Euch Eure Leute!"

„Ihr sollt mir willkommen sein!", sagte sie und sah die junge Frau nachdenklich an und dann mit höchster Betroffenheit dem Knaben ins Gesicht. Sie war so erschrocken, dass sie vergaß, die Mutter nach ihrem Namen zu fragen. Sie starrte den Knaben an wie eine überirdische Erscheinung, wie ein Wesen, das verjüngt aus dem Reiche der Abgeschiedenen wiederkehrt, schüttelte den grauen Kopf, als sei's nicht zu begreifen, was sie da sah, und fragte hastig, als befürchte sie, keine oder doch eine unerwünschte Antwort zu bekommen: „Wie heißt du denn, mein Junge?" Und ihre Stimme zitterte vor Erregung.

„Reinhard Enneberg", sagte er und schaute sie voll Vertrauen an.

„Reinhard?", stieß sie hervor. „Reinhard hieß mein Sohn, der nicht wiedergekommen ist!"

Die Mutter des Knaben erbleichte. „Heißen Sie denn nicht Neubauer, wie der Bürgermeister sagte?"

„Nein", erwiderte die Bäuerin, die Hand auf dem Scheitel des Jungen. „Es heißt hier landläufig ‚bei Neubauers'. Ich schreibe mich aber Holler."

„Guter Gott!", rief Gertrud Enneberg. „Reinhard Holler ist ja sein Vater!"

„Was! – mein Junge sein Vater?"

„Ja, ja! Ist das nicht Ihr Sohn?" Und sie hatte das Bild in der Hand und hielt es ihr vor Augen.

Sie nahm's und bei seinem Anblick füllten sich ihre Augen mit Tränen; sie wischte sie mit dem Schürzenzipfel aus, um sehen zu können, und schluchzte: „Er ist's, ist mein Junge, der nicht wiedergekommen ist. Und nun kommst du aus der weiten Welt und bringst mir sein Kind! Ist's denn wahr? Hab ich's nicht geträumt?"

Die alte Frau sah sich um, als müsse sie sich in dieser Welt, die seither so voller Verderben gewesen war und nun ein solches Wunder vor ihr enthüllte, mühsam zurechtfinden. Sie vermochte kaum zu sprechen, wiederholte immer nur: „Kind, Kind!" und umarmte den Knaben, der nur langsam begriff, was um ihn her vorging.

Nun legte sie der jungen Frau die Hand auf die Schulter: „Und du, du hast ihn lieb gehabt?"

„Ja, Mutter, ich habe ihn sehr lieb gehabt. Er war bei unserem Nachbarn im Quartier, einige Wochen lang, bis der Feind näher kam. Wir sahen uns gern und so ist's gekommen." Das sagte sie mit einem verschämten und doch glücklichen Ausdruck im Gesicht. „Ich sollte seine Frau werden, wenn der Krieg aus war. Dass er nicht wiederkommen könnte, daran haben wir in unserem Glück nicht gedacht."

„Er ist nicht wiedergekommen. Aber du bist gekommen, du, die ihm gut war, und hast mir in eurem Kind meinen Reinhard mit Leib und Seele wieder gebracht." Und sie herzte den Jungen, der sich in scheuer Unbeholfenheit die Liebkosungen gefallen ließ.

„Und nun wollen wir morgen Christtag feiern", sagte die Großmutter, „und dir ein Bäumchen anstecken, mein Junge! Hab so viele Jahre kein Bäumchen mehr gehabt. Aber am Heiligen Abend soll's wieder leuchten wie die Sterne am Gotteshimmel."

Und so wurde es. Frau Holler besorgte ein Tännchen, schmückte es mit Gertruds Hilfe und dann feierten sie mit all ihren Hausgenossen ein fröhliches und seliges Weihnachtsfest. Denn war nicht das Christkind in Gestalt ihres Enkelsohnes zu ihr gekommen und hatte alle Trauer und Todesgedanken vertrieben?

Als die Kerzen auf den Zweigen herabgebrannt und erloschen waren und ein würziger Tannenduft durch die Stube wehte, wollte die Großmutter hören, wie Gertrud mit ihrem Kind dem Verderben im Osten entronnen war.

„Ja", sagte Gertrud, „ich will dir von unserem Leidensweg erzählen. Aber sieh, Reinhard ist schläfrig. Die Freude am Christbaum und an deinen Geschenken hat ihn überwältigt und müde gemacht. Ich will ihn erst schlafen legen."

„Das lass mich tun!", bat die Großmutter. „Er schläft in

seines Vaters Kammer. Und wenn du mich ihn zu Bett bringen lässt, ist's mir, als wär's mein kleiner Reinhard noch."

„Aber tragen kannst du ihn nicht. Das muss ich tun", sagte die Mutter. „Sieh, er schläft schon fast! Sonst könnte er ja auch allein gehen."

Die Frauen brachten den Jungen zu Bett. Die Großmutter strich ihm das Kissen und die Decke glatt und fuhr ihm durch das lockige Blondhaar, wie sie das als glückliche Mutter getan. Gertrud ermunterte den Jungen und hieß ihn, sein Abendgebet nicht zu vergessen. Er faltete die Hände und sprach mit kindlicher Innigkeit:

> „Des Abends, wenn ich schlafen geh,
> vierzehn Engel bei mir stehn:
> Zwei zu meiner Rechten,
> zwei zu meiner Linken,
> zwei zu meinen Häupten,
> zwei zu meinen Füßen,
> zwei, die mich decken,
> zwei, die mich wecken,
> und zwei, die mich führen
> an die himmlischen Türen. Amen."

Das klang der Großmutter wie die weihnachtlichen Engelchöre und Gertrud musste sie mit sanfter Überredung vom Bett des schlafenden Knaben hinwegführen.

Nun saßen sie bis um Mitternacht zusammen. Gertrud erzählte von ihren schweren Erlebnissen. Der Vater war noch zum Volkssturm geholt worden und kein Mensch wusste, wo er geblieben war. Sie war mit ihrem Kind und ihrer alten Mutter geflohen. In Fischerbooten entkamen sie über das Haff, erreichten die Nehrung und wurden von einem aus

Pillau kommenden Schiff aufgenommen, um über die Ostsee hinweg Dänemark zu erreichen. Unterwegs starb die Mutter und die tiefe See nahm sie auf. Die Flucht im eisigen Winter, die Entbehrungen und die Todesangst hatten ihre schwachen Kräfte aufgezehrt. Gertrud kam mit ihrem in Decken gehüllten Kleinen nach Dänemark, wo sie mit tausend anderen drei Jahre lang interniert blieb und von der Welt und dem Leben nur so viel sah, als es der Stacheldraht und die postenbesetzten Wachtürme zuließen.

Das Dasein im Lager war voll Not und Widerwärtigkeit, gab aber Schutz vor dem Hass der Menschen da draußen und vor den Unbilden der Witterung. Dann wurden sie endlich nach Holstein entlassen, wo sie wieder in Baracken unterkrochen, nach einem halben Jahr aber in die Dörfer und unter fremde Menschen gesteckt wurden, die sie nur ungern kommen sahen. So stand sie mit ihrem Jungen allein und gottverlassen …

„Nicht gottverlassen, Gertrud!", unterbrach sie die Großmutter. „Das darfst du nicht mehr sagen! Denn hat Gott euch nicht gnädig geführt und hierher gebracht?"

„Ja", gestand Gertrud, „Gott hat mir den Gedanken eingegeben, mich bei der Umsiedlung nach Hessen zu melden. Ich wusste, dass Reinhard aus Hessen stammte, hatte aber seinen Heimatort vergessen. Ich meldete mich nach Hessen, ohne zu wissen, ob von seinen Angehörigen noch jemand lebte, und wenn, ob ich sie je finden würde, auch nicht, ob sie mir glauben und mich mit meinem Kinde aufnehmen würden. Aber ich hab's im Vertrauen auf Gott gewagt und er hat uns den Weg zu dir geführt."

„Ja, Weg hast du allerwegen", sagte die Großmutter und fuhr betend fort:

„an Mitteln fehlt dir's nicht.
Dein Tun ist lauter Segen,
dein Gang ist lauter Licht.
Dein Werk kann niemand hindern,
dein Arbeit darf nicht ruhn,
wenn du, was deinen Kindern
ersprießlich ist, willst tun."

So kam unverhofft die Weihnachtsfreude in das Haus der Witwe Holler, und es war eine hohe und nachhaltige Freude, die ihren Schein auch werfen würde in die alten Tage, so viel ihr der Herr über Leben und Tod noch zulegen wollte.

Im neuen Jahr stellte Gertrud Enneberg bei den zuständigen Behörden den Antrag, den Namen ihres gefallenen Verlobten annehmen und führen zu dürfen. Und da sie sein Eheversprechen durch seine Briefe beweisen konnte, wurde dem Antrag entsprochen. Mit ihr als Schwiegertochter und Reinhard als Enkelsohn der verwitweten Frau Holler war neues Leben in Haus und Hof eingekehrt.

ERNST SCHREINER

Der Meister und das Kind

Eine geheimnisvolle Werkstätte nannte Schuhmacher-meister Viktor Adelbar sein eigen. Die Wände der Werkstatt in dem kleinen Kellerraum glichen einem Geschichtslexikon, in welchem bunte Bilddrucke Furcht erregende Schlachten, aber auch triumphale Einzüge zeigten. Da kam man in einem Augenblick in ganz Europa herum, konnte den Zaren aller Reußen neben dem Sultan aller Türken bewundern, konnte Seeschlachten miterleben und sich in tatenwimmelnde Ruhmesblätter der eigenen Volksgeschichte vertiefen. Denn so beschlagen Meister Adelbar auch in fremden Ländern und ihrer Geschichte sich erwies, die eigene Volksgeschichte ging ihm über alles, darin wusste er so gut Bescheid wie ein Geschichtsprofessor.

War einmal ein Paar Schuhe nicht auf die zugesagte Stunde fertig geworden, so bekam man, während man wartete, dafür gründlich und kostenlos Geschichtsunterricht, lernte die regierenden Dynastien mit der eigenen, so beklagenswerten Unwissenheit kennen und hatte Muße, den Meister mit Hammer und Pfriem immer wieder scheu von der Seite zu betrachten.

Und dann kam Herr Adelbars große Weisheit: „Und wer hat die großen Schlachten geschlagen? Nicht nur der Stratege von Ruf, der General, der militärische Genius, nein, der marschierende Soldat, der gute, tapfere Fußsoldat, sage ich …, und wohl zu beachten, der gute deutsche Stiefel aus deutschem Kernleder! Jawohl! Denn der ganze Lebenswandel hängt zusammen mit den Schuhen des Menschen! Jawohl!"

So etliche zwanzig Jahre lang saß er nun schon hier unten und sah die Schuhe an seinem Fenster, das nur wenig über die Höhe des Pflasters reichte, vorüberwandern. Von ihren Trägern konnte er nicht viel gewahren. Soll aber nicht heißen, dass er nichts sah! Er hatte sich genugsam darin geübt, von den Schuhen auf die Menschen und ihr Wesen zu schließen. Am liebsten aber sah er sich Kinderschuhe an. Wie so leicht und beschwingt und ganz und gar unbeschwert tanzten sie vorüber! Der sinnende Meister dachte sich dann anmutige Gestalten, rosige Gesichter und wehende Lockenschöpfe zu den Kinderschuhen. Kinderschuhe streichelte der Alte immer mit einer Art herzwarmer Freundlichkeit, wenn sie durch seine Hände gingen. Es lag doch ein Duft und Glanz der Unschuld darauf; sie umspannten so entzückende Füßchen voll hüpfender und hopsender Naivität. „Vor Kinderschuhen muss man Ehrfurcht haben", sagte der Meister, „sie gemahnen an den ersten Schritt ins Leben … und seht, das ist etwas ganz Großes, Bedeutsames, wenn man daran gedenkt, dass ein großer, guter Mensch einmal seinen ersten Schritt ins Leben getan hat, geführt von einer Mutterhand!"

Kinderschuhe spielten auch in Meister Viktors Erinnerungen eine bedeutsame Rolle. Noch hatte er ein Pärchen von ihnen hinter dem halb verdunkelten Fensterglas seines Spindes stehen. Auf diesem Spind hauste sein treuer Freund, der Star, der sich mit ihm übte, dem Leben die besten Seiten abzugewinnen und – ganz nach der Art großer Denker – sparsam war im Gebrauch seiner Worte. Wenn Meister Adelbar sinnend einen Stift nach dem andern einschlug oder mit einem Glasstückchen behutsam das Leder schabte, rief der Star plötzlich: „Aufgepasst!" Dieses Wort hatte er gründlich erlernt und es ist kein schlechtes Wort. Wenn der Meister ein Paar Schuhe anmaß und seine Gedanken von den Maßen der Füße auf die Maße des Geistes schweifen wollten, sah ihm Piepmatz misstrauisch zu und plötzlich ertönte das mahnende, das so notwendige „Aufgepasst!" gerade zur rechten Zeit.

Außer diesem Generalwort verstand der Star noch deutlich auszusprechen: „So, so!" oder „Ja, ja!" Diese drei Gebiete seiner Sprachkenntnisse umfassten nach seines Herrn Meinung das ganze Leben, denn je nachdem man die Betonung hinlegte, klangen sie als Mahnung, als Erstaunen oder resignierte Ergebenheit.

Oft besah sich der Vogel auch den Spind, auf dem seine Behausung thronte, und blinzelte zu den kleinen, roten Schühchen hinein, die dort die Erinnerung hüteten. Und es war eine große Erinnerung. Sie umspann des Meisters einstiges Erdenglück, diese so schmerzliche und zugleich süße Erinnerung. Wenn Meister Adelbars Augen an diesen niedlichen Saffianschühchen hingen, wurden sie feucht und verschleiert. Durch diese samtenen Tränenschleier hindurch sah er dann eine schlanke junge Frau in schlichtem, aber zierlich gearbeitetem Kleide, die so wenig zu alten Schuhen zu passen schien. Das war Frau Sabine Adelbar gewesen, ein Wesen voll verhaltener Anmut, voll Herzensgüte und Seelentakt. Eine, die nicht auffällig, aber doch stark genug durchs Leben schritt, ihren Mann mit sonnigen Augen anstrahlte, als wollte sie immer und immer wieder sagen: Ich bin es, Viktor; mich hast du gesucht und gefunden, mich brauchst du und keine andere. Ich bin dir von unserem guten Gott im Himmel angemessen worden.

Und auf Sabinens Arm sah er dann ein kleines Mädchen

sitzen, ihr Abbild, in madonnenhafter Leichtigkeit von ihr getragen. Seine kleinen Füßchen warfen jedes Schühchen ab in frohem Strampeln. Zwei Jahre war dieses Geschöpfchen alt geworden, zwei Jahre reichen Glückes hatte es gebracht. Dann erfüllten sich die beiden Farbendrucke, die in der Kammer über seinem Bettchen hingen und zwei Engel mit Kindern zeigten. Der eine Engel trug ein Kind zur Erde und unter dem Bild stand das Wort: „Von Gott!" Der andere aber trug ein Kind hinaus und hinauf aus allem Erdenleid in eine lichtere Welt, und unter diesem Bilde stand: „Zu Gott!"

Frau Sabine aber hatte diesem Engel so lange voll Sehnsucht nachgesehen, bis er auch sie abholte und zu Klein-Sabinchen brachte. In derselben kleinen Kammer, in der ihr Kind entschlief und durch die sich nur verlorene Strahlen der großen mütterlichen Sonne stahlen, legte auch sie sich. Leise löste sich ihre liebe Hand aus der des Meisters mit dem kinderzarten Herzen und ließ ihn allein. Das war bald, nachdem er Klein-Sabinchen die ersten Saffianschühchen gearbeitet hatte, zierlich, fein, wohlgeformt und knisternd vor Schönheit und Frische. Da nun das Herzenskind keine Erdenschuhe mehr brauchte, stellte sie der Meister in den Schrank hinter Glas und hütete sie, wie man ein Heiligtum aufbewahrt. Niemand durfte sie berühren, auch die Nachbarsfrau nicht, die sonst alles berührte und beroch. Niemand konnte sagen, was diese süßen kleinen Schuhe in sich bargen. Sie waren ein Erinnerung umwehtes Geheimnis der Liebe, gleichsam ein Reiseandenken aus dem Paradies, wie auch Klein-Sabine selbst eins gewesen war.

„Ja, ja!", sagte der Vogel, wenn er die Schühchen beblinzelt hatte. O, wie viel in diesen beiden kleinen Wörtchen lag ... Wie gesagt, auf Kinderschuhe verstand sich der Meister.

Er verstand sich auf alle Schuhe, denn sie gehörten zu Menschen und Menschen liebte er eigentlich. Nur die zerrissenen, die mit den unsagbar sprechenden krummen Absätzen, die niedergetretenen Schuhe hasste er, weil er von ihnen auf einen entsprechenden Lebenswandel schloss.

Es war die Zeit vor Weihnachten. Regen und Schnee flockte und goss durcheinander und die Menschenkinder besannen sich darauf, dass ganze Schuhe ein ganzes Leben bedeuten konnten. Sie fanden jetzt häufiger den Weg zu Meister Adelbar hinab und klagten ihm ihre Schuhnöte. Die Hauptnot klang immer aus den Worten: „Es eilt aber furchtbar! Bis wann sind meine Schuhe fertig?"

Heute eilte es auch den Füßen und Schuhen, die sich draußen vorüberschoben. Das Schneewasser war ein guter Antreiber. Doch siehe da, ein Paar Frauenschuhe! Wie langsam war der Gang! Wie hoffnungslos schleppend der Fuß, der diese armen, einst vollkommen gewesenen Schuhe trug! Und wie erbärmlich sah dieses Schuhwerk aus! Sperrte vorn den Rachen auf und gab das eingedrungene Wasser hinten wieder frei. Hatte dreimal geknüpfte Nestel und keine Lederzunge. Meister Adelbar stieg eine Röte ins Gesicht. Er wollte eben seine ganze Verachtung über die Trägerin eines solchen Schuhes ausgießen, als er zu seinem Erstaunen ein Paar nackte, rot gefrorene Kinderfüße gewahrte, die von einem Stück Schürzentuch eingewickelt sein sollten! Aber die Schürze fror ja mit und war regennass. Die beiden nackten Kinderfüße fesselten den Meister so stark, dass es Jakobs schnarrenden Rufes: „Aufgepasst!" eigentlich nicht bedurft hätte.

Meister Adelbar war mit einem Satz vom Dreifuß weg und auf der knarrenden Stiege und mit einem weiteren draußen. Diese Füßchen durften ihm nicht entkommen, weshalb er die Frau mit dem Kind am Ärmel erwischte und hastig zu ihr sagte: „Ach bitte, kommen Sie einen Augenblick herein!"

Ein Paar große, dunkle, Schatten umränderte Augen starrten ihn befremdet an. Was wollte der alte Mann von ihr? „Ich?", sagte sie langsam und betont.

„Sie! Ja, bitte sehr!"

Immer noch stand die junge Frau im klatschenden Nass der Straße und zögerte. Jetzt strich die raue, knochige Hand des Meisters über den nassen Scheitel des Blassgesichtleins und die Mutter sah, wie ein Lächeln über des Kindes Züge huschte. Und was für ein Lächeln! Wie ein matter Sonnenstrahl, der flüchtig durch einen Novemberwolkenspalt huscht und dann wieder entflieht, so war es. Doch dieses Lächeln gab der Mutter Kraft zum Handeln. Mit langsamen, kleinen Schritten folgte sie nun der Einladung und schreckte empor, als Jakobs geisterhafte Stimme schnarrte: „Aufgepasst!" Es war eine freundliche Mahnung, die sich wohl auf die Treppenstufen bezog, die in das warme Werkstübchen führten, in das sie sich nun hinabtastete. Neugierig blinzelte der Vogel den Besuch an. Große Kinderaugen maßen ihn und seine Behausung. Wieder huschte das Nebellächeln über das feine, magere Gesichtchen.

„Es liebt alle Tiere!", sagte die Mutter wie entschuldigend und ließ sich auf dem angebotenen Stuhle nieder. Wie es so gut, so herrlich nach Leder, nach Schuhen roch hier unten und wie angenehm die Wärme die fröstelnden Glieder durchrieselte!

„Es ist ungut Wetter heute", sagte die Frau tonlos. Schon streckte Meister Adelbar dem Kinde einen großen, rotbackigen Apfel entgegen, den es in scheuer, dankbarer Verwunderung wie eine kleine fremde Welt umspannte und dann die Mutter anlächelte.

„Ei, was mein Kind hat!", sagte die Mutter und das huschende Lächeln zeigte sich nun auch auf ihrem Angesicht, um freilich sogleich wieder zu erlöschen. Dafür leuchteten die dunklen, samtenen Augen der Kleinen auf, als sei in dem Seelchen ein geheimnisvolles Licht der Freude entzündet worden. – „Sabine hat lange keinen Apfel mehr gesehen", flüsterte die Mutter.

„So, so!", rief Jakob. Des Meisters Auge aber wurde lebendig. „Sabinchen heißt du", sagte er beglückt und streckte die Arme nach ihr aus. „Komm zu mir!" Gelassen kletterte sie über. Schalkhaft lachte das kleine Wesen der Mutter zu, als wollte es sagen: „Siehst du? Ich fühle mich ganz sicher!"

„Ja, Sabine!", erwiderte die Mutter und es lag beides in ihrem Worte, heimlich durchzitternder Stolz und fremde Herbheit eines verhaltenen Schmerzes.

Jetzt umfasste er behutsam die kalten Füßchen, die noch erstarrt schienen, und sagte: „Kind, wo hast du deine Schuhe? Bei solchem Wetter barfuss gehen, das geht nicht an. Da kann man sich ja den Tod holen!"

Die Frau zuckte zusammen, als sie das Wort hörte. Scheu sah sie auf ihr eigenes, unbeschreibliches Schuhwerk nieder und schwieg.

„Ja", sagte Meister Adelbar jetzt mit besonders betonter Wärme, „das ist nun die erste und einzige Arbeit heute, die wirklich große Eile hat. Da will ich mich doch gleich mal dahintermachen, liebe Frau. Ziehen Sie ruhig Ihre Schuhe aus. Hier sind zum einstweiligen Gebrauch ein Paar Hausschuhe."

Er hüstelte und tat den Spind auf, der die Vergangenheit hütete, den Spind, der so große Schätze barg, wie kein Fürst größere besitzen konnte. Denn da unten in der linken Ecke standen diese Schuhe aus der ersten, sonnigen, schönen Ehezeit, die seine Frau getragen hatte, und auf die sie richtig stolz gewesen war. Schuhe seiner Hand, mit Liebe und Wärme gepolstert und mit Andacht aufbewahrt! Einen Augenblick zitterte seine Hand, als er sie ergriff und aus dem geheimnisvollen Halbdunkel in die Höhe hob, einen Augenblick zögerte er noch. Dann aber gab er seinem Herzen einen wirklichen Ruck und reichte der Fremden diese mit grünem Samt gezierten Schuhe hin.

Noch zögerte diese, dieselben zu nehmen, aber Jakob hatte die Situation erkannt und rief: „Aufgepasst!", was wie ein militärisches Kommando klang und gar keinen Widerspruch duldete. So streckte sie die blutarme Hand aus nach den beiden hübschen Schuhchen und neigte dabei das Haupt, dass eine Träne sich aus ihrem Auge löste und auf einen der Schuhe fiel. Sonderbar! dachte Meister Adelbar. Zuerst habe ich über den Schuhen Tränen vergossen und nun fällt wieder eine Träne auf sie nieder. Er wandte sich ab und fuhr sich mit der Hand über die Augen. Schon saß er jetzt vor seiner neuen Kundin hinter dem Werktisch und kramte in den Werkzeugen, damit sie unbeschämt ihre Schuhe anziehen könnte, was sie aber nur zögernd und mit Röte auf den Wangen tat.

Da Meister Adelbar den Grund des Erregens wohl wusste, stand er noch einmal auf und öffnete wieder seine Schatzkammer. „Ein ganzer Mann tut kein halbes Werk", murmelte er vor sich hin und entnahm dem Fache auch noch das Paar weißwollener Strümpfe, die seine Sabine bei der Hochzeit getragen hatte. Dabei wollte das Herz wieder nein sagen, aber er gab ihm keine Antwort, sondern knüpfte das blaue Bändchen auf, das sie zusammenhielt, gab dem Kinde und seiner Mutter die Strümpfe, als wäre es die selbstverständlichste Sache der Welt und nicht ein großes Opfer, das er brachte. Dabei klang ganz hinten in der Ecke seines Gedächtnisses ein altes Wort auf wie eine ferne, halb vergessene Melodie: „Was ihr getan habt einem unter diesen meinen geringsten Brüdern, das habt ihr mir getan!" War es also nicht eine hohe Ehre, die jetzt den Strümpfen seiner seligen Sabine widerfuhr?

„Aber", sagte sein Verstand dazwischen, „wer weiß, was das für ein Weib ist! Streicht durchs Land mit zerrissenen Schuhen und einer zerrissenen Seele, schleppt ein zartes Kind durch Nebel und Not und sieht aus wie die Armut selber, aber nicht wie die heilige Armut, die ohne Schuld ist."

„So, so!", ließ sich jetzt Jakob vernehmen und sein Herr nickte ihm zu und sagte: „Ja, so! Sei still, altes Grammophon! Das würde mir noch fehlen, wenn du mein Hausvogt sein wolltest."

Jetzt setzte er sich erneut, nahm den ersten Schuh zur Hand, der vor Nässe und Armseligkeit quietschte und betrachtete ihn. „Für jedes Stücklein Leder zu schade, ihn zu flicken!", murmelte er vor sich hin. „Brennen wenigstens noch, wenn sie trocken sind. Brennen vielleicht auch so!"

Die Frau saß in madonnenhafter Stille da und sagte nur: „Ich habe es nicht gewollt, Herr Meister!"

„Lassen Sie das *Herr* weg!", entgegnete er. „Nicht alle Herren sind Meister! Aber wer Meister ist, braucht sonst keinen Ehrentitel. Übrigens, ich habe es gewollt, Frau. Da sehen Sie, wie Sabinchen der Apfel schmeckt."

Es war eine Lust zu sehen, wie sich die kleinen Perlzähnchen in das weiche Fleisch gruben. Schon stand er vor dem Ofen, öffnete seine Türe und fragte lachend: „Darf ich? Ich habe mindestens ein Paar gleichwertige dafür."

Ehe sie etwas antworten konnte, stellte er die Invaliden jedoch auf die Erde und ging zum dritten Mal zum Spindlein.

Und dann geschah das Große, ihm selbst Unfassbare, dass er dieser Frau, von der er nur wusste, dass ihr Kind Sabine hieß, seines Weibes schöne, kaum getragene Schuhe anprobierte, ganz so gebückt und auf den Knien, als hätte er eine sehr verdiente Kundschaft zu bedienen, und ganz so höflich und respektvoll, als nenne sie sich Frau Gräfin Hohenstein oder Stolzenfels oder wie sie mochte.

„Passen!", sagte er. „Eigentlich wie angemessen", was Jakob mit „Ja, ja!" quittierte.

„Was werden solche Schuhe kosten?", hauchte die Bestürzte, die sich wie verzaubert vorkam. „Das ist schwer zu sagen", gab er zurück, „aber wenn es sich um ein Kind handelt, das Sabine heißt … ja, da könnte es sein, dass sie ganz billig würden …" Er schwieg und sie stieß hastig hervor: „Ich habe aber gar kein Geld, ich nicht und Sabine hat auch keins und der Vater ist tot … ist verunglückt in der Fabrik. Wir werden aber Geld bekommen, es wird alles auf das beste geregelt, wissen Sie. Nur braucht es noch etwas Zeit und ich dachte nicht daran, dass meine Schuhe auf der Straße vollends so schlecht würden."

Die Worte waren nur so hervorgestoßen, als wollte sie sich wehren, für eine Bettlerin angesehen zu werden.

„So, so!", sagte Jakob und ebenso sagte sein Herr. Nur dass bei ihm in den Worten tiefes Erbarmen lag und er dazu aufs Neue die nackten Beinchen des kleinen Mädchens streichelte.

„Jetzt kommst du dran, Sabinchen!", sagte er gütig und entschlossen. Sprachs und entnahm dem kleinen Schrank der Vergangenheit das schönste Stück Gegenwart, das man sich denken konnte. Denn nun prunkten in seiner Hand die kleinen, niedlichen Saffianschühchen, die einer Prinzessin so wohl angestanden wären, dass sie keine anderen zu begehren nötig gehabt hätte. Noch einmal streichelte er sie mit Herzenszärtlichkeit, als wären sie lebende Wesen, noch einmal zuckte ihm die Hand, als müsse er sie ans Herz drücken und nimmermehr von sich lassen bis zum letzten Atemzuge. Aber dann war es geschehen, denn Jakob hatte noch einmal gerufen „Ja, ja!", und er hatte daran gedacht, dass jetzt eigentlich das Kind vor ihm stand, dessen Armut so unendlich viele reich gemacht hatte. Und siehe, auch für Sabinchen lagen Strümpfchen dabei, deren Wolle heute so warm und weich war, wie damals in ihrem kleinen Lebensfrühling. Er verstand sich ja aufs Schuhe- und Schühchenanziehen und sein Glück war vollkommen, als sie saßen und noch etwas Luft zum Wachstum hatten.

Ganz ruhig hatte sich das kleine Stumpfnäschen vorgestreckt, als er den unschuldigen Kinderfuß bediente. Groß und verwundert hatten die Augen geschaut, als er nun aufstand und sagte: „So, das hätten wir! Jetzt kann Weihnachten kommen. Den Winter fürchten wir nun auch nicht mehr, nicht wahr? Wenn man so schöne Füßchen hat, Sabinchen, die passen leicht zu allen Schuhchen. Was bekomme ich nun?"

Da sank das Kind leicht und selig in seine Arme und das kleine Rosenmündchen hauchte einen Kuss auf die rauen, grauen Bartstoppeln, gerade als wäre das ein Vergnügen. Nicht viel hätte gefehlt, dass ihm auch die Mutter weinend um den Hals gefallen wäre, so überwältigt stand sie vor diesem Wunder der Liebe, das ihr widerfahren war. Allen Dank, mit dem sie ihn überschüttete, wehrte er mit bestimmter Freundlichkeit ab und lachte nur selig in sich hinein, als er die beiden die Stufen empor ins Freie geleitete.

„Nur eine Bitte habe ich", sagte er dann, „dass Sabinchen auch die erste Reparatur bei mir machen lässt und das Haus von Meister Adelbar wiederfindet. Denn ich liebe diesen Namen, weil, weil …" Er schluckte es mannhaft hinunter und räusperte sich. Und dann, als sie gingen, vergaß er ganz, dass es ja keine Kundschaft nach dem gewohnten Schlage gewesen war, und verneigte sich höflich unter dem Türrahmen. Der letzte Gruß war ein Winken des kleinen Kinderarmes, der ihm noch eine Kusshand zuwarf, was ihm eine Träne ins Auge trieb.

„Die größte Weisheit habe ich doch nun an einem Fuße gelernt, der gar keinen Schuh trug", sagte er und lächelte vor sich hin. „Man lernt nicht aus auf Erden. Aber für Kinder habe ich immer eine Schwäche gehabt. Nun sind freilich meine Schätze fort, die ich zwanzig Jahre lang gehütet habe. Aber sie nützen jetzt wieder einem menschlichen Wesen und ich habe sie ja dir, liebstes Kind in der Krippe, geschenkt. Du bist es wert."

„Ja, ja!", ließ sich Jakob hören. Er tat, als habe er diesmal bestimmt alles verstanden und sah seinen Herrn gar nachdenklich an. Der aber füllte ihm das Futtertrögchen neu, gab ihm frisches Wasser und setzte sich wieder auf seinen Schusterschemel, als wäre nichts geschehen, denn nun, da er, wie er dachte, ziemlich Zeit vertrödelt hatte, schien es wirklich zu eilen mit den wartenden Reparaturen. Und wenn er bei seiner Arbeit hinausblickte auf die vorbeieilenden Schuhe, war es ihm, als sei noch nie so schönes Wetter gewesen wie heute und als sähe er im Geiste immerzu eine getröstete Mutter und ein unsagbar glückliches Kind, an dem sich sein Weib im Himmel samt seinem Kinde freuten. Ja es war allewege Sonntag heute in der Werkstatt, denn das Glück der Liebe vergoldete selbst krumme Absätze und durchgelaufene Sohlen mit einem sonnigen Widerschein der Freude, über den auch der Vogel nichts mehr zu melden hatte.

(Der Text wurde leicht gekürzt.)

Schönheit

Es war eine Stelle in der Stadt, die nicht verbaut werden konnte. Das war die steile Wand zwischen der Oberstadt und der Unterstadt. Die Unterstadt war alt. Sie lag unter der heißen Wand und es hatte ihr seit alters gefallen, zwischen ihrem Häuserrande und den Felsen ihre Weinberge zu pflegen. Diese lagen in einem schmalen, grünen Bande da. Die Felswand war da und dort durch Einmauerungen unterstützt und kein Pfad führte an ihr hinauf, auch nicht für die Wingertsbuben. Über dem Absturz lag dann die neue Oberstadt, dort hatten sich arme Leute angesiedelt, die billig wohnen mussten und das Steigen nicht hoch anschlugen. Poeten und Näherinnen hatten dort gut wohnen.

Wer das Glück hatte, ein Häuslein zu finden, das nahe genug an den Rand gebaut war, hatte den Hahn und das Kreuz der Türme der Unterstadt sich gegenüber, weiter hinaus den Fluss und über ihm die andere Talseite, auch mit heißen Steinwänden und Kieferngehölz, das an ihnen emporstieg. Das sah man alles so hübsch bei Tage.

In solch einem Hause am Rande wohnte aber einer, der die Welt bei Tag und bei Nacht sah; drunten in den Amtsstuben des Generallandesarchivs mochten ihn seine Kollegen nicht, sie sagten, er sei steif und hochmütig und im Grunde langweilig. Dass er geizig sein musste, ergab sich daraus, dass er in der Oberstadt wohnte: Keinem anderen Angestellten des Generallandesarchivs war es je eingefallen, sich so viel zu vergeben.

Am Sonntag hatte er Zeit, die wilden Rosen mit Sehnsucht zu betrachten, die auf der Wand unter ihm noch festen Fuß hatten. Dass sie niemand brechen konnte, war seine Freude. Da standen sie im weißen und rosigen Brautkleid, und wenn der Wind es wollte, löste er ein Blütenblatt und trug es herauf zu ihm, herein in sein offenes Fenster. Das legte er dann einen Tag und länger auf die kleine Marmorplatte, die auf seinen Papieren lag und die ein griechisches Wort in goldener Schrift eingegraben trug.

Nachts gefiel es ihm in seinem Hause am besten; er liebte die Sterne. Manchmal fasste er sie in Gruppen zusammen, öfter aber nahm er mit den Armen seines Gemütes die ganze goldene Schar an sein Herz. Dann taten ihm auch die Schritte wohl, die verloren den Weg in der Oberstadt suchten, und die Glockenschläge der Türme, denen er am Tag keine Aufmerksamkeit schenkte. Dann, wenn die Menschen schliefen, dachte er auch freundlich an sie, dann bewegte ihm das Mitleid des älteren Bruders den Sinn für die Hilflosen.

Die wachen Menschen erfreuten ihn nicht. Sie brachten Unruhe in das Dasein. Ihr Leben verlief im Formlosen. Ihre Ziele waren ohne erkennbaren großen Wert. Sie dienten keinem Gesetz, dem doch das Efeublatt, der Flügelschlag des Schmetterlings und die heilige Ordnung von Achsen, Winkeln und Flächen im Kristall dienen.

Er selbst bedurfte der Ruhe. Und über ihm im Hause und auf der Treppe war Unruhe. Kinderfüße eilten hinauf, eilige Frauenschritte vernahm er, kleine Mädchen und auch ganz alte Leute kamen mit leeren Töpfchen und gingen mit gefüllten fort. Sie machten die Treppe schmutzig und ließen die knarrende Haustür offen stehen. Dann kam das Schüttern eines alten Fußbodens über ihm. Rücken der Stühle und

Stimmen bald im Gemurmel, bald im Auflachen. Manchmal sangen die Leute da über ihm. Von der Kindheit her kannte er die Lieder alle, es war keines, das er nicht gekannt hätte. Die Lieder waren schön, aber er traute den Leuten nicht, die solche alten Lieder in den Häusern sangen, sie gehörten in die Kirche. Auch sang man über ihm oft so dünn und gezogen, dass es schwer zu ertragen war.

An dem Tumult war immer dieselbe Person schuld. Eine höchst armselige Person. Sie war schüchtern, das entschuldigte vieles. Sie wagte ihn im Hausflur kaum zu begrüßen. Er sah, dass sie eine verkrumpelte Existenz war, wie ein Kleid, das über dem Stuhle lag und das ein Gedankenloser zusammengesessen hatte. Was solch ein Mensch war, was er innerlich erlebte, das musste er sich fragen. Flickarbeit machen, Puppendoktorin sein, verbogene Hüte so mit alten Bändern und zerknitterten Blumen verkleiden, dass sie nicht mehr verbogen, sondern wie neu aussahen – nun ja!

Sie träumte lebhaft, das wusste er vor Weihnachten nicht. Aber nach Weihnachten, im Februar, erzählte es ihm doch jemand, sie selbst erzählte es ihm und hielt seine Hand dabei gefasst. In den Nächten zwischen dem dritten und vierten Adventssonntag hatte sie zwei Träume, die ihr nachher merkwürdiger waren, als sie es vielleicht verdienten, aber die stillen Seelen schätzen den Geisterzug, der durch ihr Dasein zieht. Das waren die gleichen Nächte, in denen dann und wann eine Angst ihn beschlich, der Schatten von Leiden oder Krankheit wandle wartend vor seiner Tür auf und ab. Doch konnte es kaum sein, die Jahreszeit brachte schließlich einmal eine Kleinigkeit, aber wer nicht zu viel Acht gibt, der kommt an manchem vorbei. Und eben konnte er keine Hemmung brauchen.

Er schrieb etwas. Vielleicht würde es ein Buch werden,

vielleicht nur ein rührendes Heft, das man nach seinem Tod fände, um aus ihm zu sehen, dass der Mann, der es schrieb, kein unwerter Mann gewesen war. In jenen Nächten schrieb er von dem Martyrium der Schönheit. Sie erträgt nicht den Augenschmerz des Hässlichen, ihr Wandergang über die Erde geschieht in der Abwehr der gemeinen Dornen, die ihr das Kleid zerreißen wollen. Und das Gemeine antwortet ihr, o nein, nicht erst das Gemeine, schon das Gewöhnliche erträgt ihren Anblick nicht, denn es empfindet das Schöne und den Schönen als einen bittern Vorwurf. Darum ist die Schönheit einsam. Darum ist der Schöne so allein. Die Schönheit weicht aus. Wer die Schönheit liebt, hält sich zurück.

Er kann die Liebe zur Menschheit nur bewahren, wenn er die Verbannung erträgt, die der Gewöhnliche, der Gemeine, über ihn verhängt, wenn er diese Verbannung schweigend ehrt, schweigend will. Er geht nicht auf die Menschen zu, sie weichen ihm aus, denn sie sagen, er sei kalt, stolz, voll Hochmut. Ja, für die andern ist der Schöne kalt und stolz und voll Hochmut. So und noch vieles mehr würde er niederschreiben. „Kallias" – Schönheit stand auf einem leeren Blatt, das er immer sorgfältig wieder obenauf legte, sooft er an diesen Blättern arbeitete.

Eben in jenen Nächten träumte die Arme. Sie träumte von alten Weihnachten, armen, aber seligen Weihnachten. Das erste Mal ist sie noch ein kleines Mädchen. Sie sieht deutlich das wollene Tuch, das ihr die Gemeindeschwester geschenkt hat, und das Lebkuchenherz mit einem aufgeklebten Bild, das ihr die Patin gebracht hatte. Und sie träumt gleich in diese Weihnachtsstunde hinein, was sie einst in Wirklichkeit doch erst zwischen Weihnachten und Neujahr getan hatte, dass sie rings um das aufgeklebte Bild den Lebkuchen abbiss und dann das Bild mit dem süßen Boden sorgfältig verwahrte, um es ihrer Schwester zu schenken, die innen im Gebirge in der Herrenmühle diente. Es fiel ihr nachher, als sie wach war und den Traum in ihrer Seele erwog, sehr auf, wie deutlich sie hinter dem Weihnachtsbaum die verwaschenen, geflickten und doch sauberen Kattunvorhänge am Fenster gesehen hatte.

Gleich danach, nahe dem vierten Adventssonntag, träumte sie wieder. Ach, so schön. Sie stand, das träumte sie, am ersten Weihnachtsabend nach ihrer Konfirmation in der Dorfgasse. Sie war Waise und wusste nicht, was werde. Sie sah ein Fenster sich öffnen. Es standen Blumenstöcke in dicht geschlossener Reihe auf der Fensterbank und sie blühten alle, obschon der Schnee hoch in den Gassen lag und sich auch einmal in weichen Ballen vom steilen Dachfirste löste. Eine Hand erschien zwischen den Töpfen und legte einen blühenden Fuchsiastock um, nach außen hin. Das Waisenkind sah, wie die Glöckchen herabhingen und hin und her schwangen wie ein buntes Geläute, und der graue Kopf der Patin erschien in der Lücke zwischen den Stöcken und sagte: Madlene, sei nicht bange, Gott beschert dir heute die Liebe. Dann stellte sich langsam der Fuchsiastock wieder auf, der graue Kopf verschwand und das Fenster schloss sich. Dann war etwas Helles in der Straße und die Schläferin folgte ihm, bis sie wach wurde.

Ein dumpfer Fall unter ihr hatte sie geweckt, hatte sie geängstigt und eilig hinabgerufen.

Ihr Hausgenosse, dem sie immer so scheu ausgewichen war, wachte auf und es wunderte ihn, in seinem einsamen Zimmer Stimmen zu hören. Er hatte geglaubt, seine Eltern seien lange tot, aber es musste ein Irrtum sein, denn die Mutter legte ihm ja die Hand auf die Stirne. Dann hörte er deutlich den Bruder hämmern, und so laut und geschwind, dass es ihm im Kopf wehtat. Es fiel ihm schwer, das zu begreifen, denn der Bruder, sein einziges Geschwister, ist auf hoher See, um Weihnachten hoffte er in Bombay zu sein. Er muss etwas hier zu tun haben, vielleicht nagelte er die Kisten mit seinen Sammlungen zu. Schwer, schwer ist das alles.

Und er schloss die Augen wieder. Dann wurde er wieder einmal wach. Es wunderte ihn, wie unruhig er schlafe. Man spricht leise. Er hörte ohne Teilnahme zu, er denkt nicht, dass von ihm die Rede sei. Der arme junge Mensch, sagte jemand und jemand erwiderte: und so ein netter junger Herr, so höflich und so ordnungsliebend, man sollte meinen, so etwas wäre heutzutage nicht möglich, und die schönen Bücher, sie sind wie ungebraucht, aber ich glaube doch, er liest darin. Und der Schreibtisch – das pure Pfingstfest mit blanken, akkuraten Birkenbäumchen …

Die Birkenbäumchen wunderten ihn. Er sieht die saubere Dorfgasse seiner Jugend mit den Birken und den zwei hohen, weißen Birkenstämmen rechts und links von Vaters Tür, der Tür des Pfarrhofes. Er besinnt sich, aber mit Mühe, wie die Pfeiler in der Dorfkirche alle mit kleinen Stämmchen und lustig zitternden Birkenzweiglein umwunden sind und wie die Sonne durch die gotischen Fenster der linken Wand mit wunderlichem, buntem Lichte über den Birkenwald hinleuchtet.

Aber nun geht's mit dem Schlafen so nicht weiter, das fühlt er bei dem ersten, wirklichen Wachwerden. Es war nur kurz, aber er hörte mit Bewusstsein den prachtvollen Ruf der mächtigen Glocken. Es sind große Schläge. Er weiß sofort, dass ein Westwind eingefallen sein muss, denn nur er wirft die schönen, unsichtbaren und brausenden Wellen an die Felswand unter seinem Hause. Und noch eines unterschied er: Heute Abend, als er über seiner Arbeit müde geworden und ihm das Bewusstsein geschwunden war, da war noch klarer Sternenhimmel gewesen und jetzt musste Schnee gefallen sein, denn er kannte die Glockentöne der Schneenächte, auch die starken Töne waren dann gedämpfter. Er horchte, wie ein Kind horcht, glücklich hingegeben, und versprach sich etwas von den tiefen, weichen Klängen. Aber sie läuteten den Ermatteten wieder in den Schlummer.

Doch nun ist der Schlummer aus einer schweren Decke endlich zu einem leichten Schleier geworden. Diesmal wehen Frauenstimmen die bewegliche Hülle weg. Er öffnet nicht die Augen, er hört sanft hin nach dem Flüstern. Eine Stimme sagte: Jungfer Madlene, ist das seine Mutter über dem Lichtchen? Er merkte wohl, dass es die Briefträgersfrau von drüben war. Nun kam die leise Antwort: Es muss sie sein. Sie sieht ja, Frau Nachbarin, wie er sie mit Grün geschmückt hat. So viel hat einer nur Liebe zu seiner Mutter. – Die hätte ihn fast nicht mehr gesehen, die gute Frau, sagte die erste Stimme. Und wie viel Tage liegt er schon so da. Sie, gute Jungfer, Sie holt sich noch selbst den Tod mit der Pflege. – Nein, sagt die leise Stimme, der Doktor sagt, er reißt sich durch, er ist gar nicht mehr so eigentlich krank, sagt er, er schläft sich gesund, sagt er.

Nun erkennt der Kranke die Näherin. Es ist ihre Stimme, er kennt sie, sie war ihm immer schon als sanft aufgefallen und sie tat ihm heute gut. Wie kommt sie hierher? Was ist das mit den Frauen in seinem Zimmer?

Er richtete sich schnell aus den Kissen auf und sah seine Stube erhellt. Das Harmonium war noch offen, wie er es „gestern Abend" gelassen hatte, die Noten einer tiefsinnigen Weise des Königs Johann von Portugal waren noch aufgeschlagen, die Tasten glänzten. Über dem Harmonium dämmerte im halben Lichte das Bild, das er so liebte und das die Näherin in ihrer Einfalt mit einer Weihnachtskerze geschmückt hatte, Leonardo da Vincis edles Frauenbild der schönen Feronniere. Der Halbkranz von Efeu und Stechpalmen umschloss noch den unteren Rand des Rahmens. Wie gern sah er es, wie die braunen Augen der Frau eben aufleuchten wollen zu einem süßen Glanz der Liebe, die zarten Winkel des ernsten Mundes sich eben zu einem vorüberhuschenden Lächeln der Anmut und Güte formen wollen.

Es war alles wie immer und „gestern", nur stand auf dem derben Stechpalmenzweig die kleine brennende Wachskerze, er hatte sie dort nicht befestigt, er hatte sie nicht angezündet. Und woher kam überhaupt das helle Licht? Wo stand es? Er drehte den Kopf. Hinter ihm glänzte ein kleiner Tannenbaum. Sein Stämmchen stand in einem blauen, tönernen Wasserkruge, es war schief, die wenigen Äste waren mager, ein paar dünne Wachslichtchen brannten und ein Stern aus Goldpapier war mit einem roten Wollfaden an der Krone des Bäumchens festgebunden. Weihnachten? Weihnachtsabend? Ist's möglich? Wie ist das möglich?

Und die so rasch aus dem Zimmer ging, als er sich erhob, so rasch und so leise, war das nicht in der Tat die armselige Person aus dem Oberstock?

Sie ließ Gott mit seinem Kind allein.

Sie wird wiederkommen. Er wird sich sehnen nach ihrem Wiederkommen und sein Buch von der Schönheit wird ein neues Kapitel erhalten, ein völlig neues.

(Der Text wurde leicht gekürzt.)

Das wiedergefundene Christkind

Mutter, eine Neuigkeit, und keine kleine!" Mit diesen Worten stürmte Hildegard die Treppe des Pfarrhauses herauf. „Denk dir, Schloss Dankwartshausen wird wieder bewohnt! Zwar ist es nur ein alter Herr, der drüben mit seinem Diener Joachim und mit seiner Haushälterin einzieht, aber ein echter Graf, der Letzte seines Stammes, Herr Stefan von und zu Dankwartshausen, der sich von irgendeiner Seitenlinie wieder in das Stammschloss zurückgefunden hat und hier die Erinnerungen seines Geschlechtes schreiben will, angefangen mit dem ersten Dankwartshausen, Ritter Guido."

Die Mutter fuhr zurechtstreichend über das flatternde Blondhaar ihrer geschichtskundigen Tochter und lächelte dabei. „Wenn es nur nicht wieder ist wie kürzlich mit deiner weltumstürzenden Neuigkeit, die sich nachher in nichts auflöste!"

„Diesmal ist alles wahr!"

„Schön! Und wann zieht denn dein Graf ein?"

„Morgen schon, Mutter! Der Möbelwagen ist schon hier und parkt vor dem ‚Adler' und der Graf stand dabei und hat mich bereits begrüßt!" Fast triumphierend kam es heraus.

„Wenn er dich gegrüßt hat, muss ich wohl bald sagen: Fräulein von Hildegard?"

„Bitte sehr! Aber nun will ich dir gleich noch eine Beschreibung eines gräflich aussehenden Grafen geben. Anzug korrekt, aber etwas altmodisch. Weißt du, einen Flügelrock in Grau, Salz und Pfeffer. Stehkragen ziemlich hoch, Krawatte etwas nachlässig geknüpft, die Schuhe kleine Paddelboote, oder wie Anne sagen würde: Quadratlatschen! Dazu ziert dieses Gesicht, das lang und hager ist, ein echtes Monokel. Der Gesichtsausdruck ist gräflich vornehm und unnahbar, etwas griesgrämig dazu. – Aber Mutter, gelt, den besuchen wir. Ich wäre schon so lange gern einmal im Schloss umhergestiegen, um alte Abenteuer aufzustöbern!" Hildegard tanzte durch den geräumigen Flur des Pfarrhauses, dass der Vater besorgt aus der Studierstube herausschaute.

„Ich muss noch studieren, Hildegard!"

„Ich auch, Vater! Hast du alte Schmöker über Dankwartshausen? Ahnenberichte, Stamm- und andere Bäume? Kreuzzuglegenden derer von Dankwartshausen?"

„Da ist der Schlüssel zum Bücherzimmer oben. Aber wenn ich bitten darf, richte mir keine babylonische Verwirrung an!"

„Ach nein, Vater. Aber ich fange bei der Babylonischen Gefangenschaft an!"

„Wildfang!", murmelte die Mutter und gab ihrer Tochter einen Klaps auf die Wange.

Der Herr Graf war einige Tage später gerade damit beschäftigt, seine Räume zu durchwandern, als ihm von Fräulein Thekla, seiner Haushälterin, ein junges Mädchen gemeldet wurde. Er schob seinen Stehkragen mit einem Ruck höher, klemmte das Monokel vorschriftsmäßig fest und sagte etwas ärgerlich: „Ich lasse bitten!"

Dann stand ihm Hildegard mit einem Blumenstock gegenüber: „Die Eltern senden einen kleinen Einzugsgruß und lassen alles Gute wünschen!"

„Ah so, warten Sie, stellen Sie … Nein, geben Sie mir das

Ding … die Blumen." Er nahm sie und stellte sie auf eine polierte Kommode, was Fräulein Thekla mit einem entschieden missbilligenden Blick gerade noch durch einen Türspalt beobachtete.

Die Förmlichkeit war getätigt, Hildegard atmete tief auf und sah sich um. Zum ersten Mal stand sie nun in einem wirklichen Schloss, und nun lud sie zu ihrem Entzücken der alte Herr auch noch ein, mit ihm einen Rundgang durch seine Gemächer zu machen. Er trippelte voran und murmelte allerlei Erklärungen über die Zimmer vor sich hin. Aber Hilde hatte ja helle Augen und machte sich selbst ihren Vers zurecht über die in dunklen, weichen Farben gemalten Ölbilder, die Leuchter aus venezianischem Glas, die altmodischen Farbenkleckse von Tapeten und über die kleinen Butzenscheiben in den beiden Ecktürmchen, durch die man die Welt in allen Farben sehen konnte. Dann hatte sie die Ehre, auf einer seidenbezogenen Ruhegelegenheit Platz zu nehmen, auf der wohl einmal die Ahnendamen bei abendlichen Flötenkonzerten gesessen haben mochten.

Entzückend kam ihr alles vor; doch niemand wandelt ungestraft unter Palmen und sitzt ohne Bezahlung auf vergoldeten Sofabeinen. Denn nun kam sie ins Kreuzfeuer einer nicht alltäglichen Unterhaltung, in der sie ganz gründlich ausgefragt wurde. Der alte Herr schien eine diplomatische Laufbahn hinter sich und glaubte wohl eine Zeitungskorrespondentin vor sich zu haben. Er reiste allmählich von Dankwartshausen in das Gebiet der großen Welt, bewegte sich hier immer selbstverständlicher in politischen Ereignissen, nannte Namen von Gesandtschaften und setzte entsprechende Kenntnisse bei Hilde einfach voraus. Mit einer urplötzlichen Wendung kam er aber dann auf die Menschheit überhaupt, auf all ihre Ränke und Niederträchtigkeiten zu sprechen, auf die Hinterlist und die Hintertreppen der großen Welt, wobei er mit einfließen ließ, dass er auch der kleinen nicht traue.

Armer Graf! Darum also kommst du nach Dankwartshausen und suchst die Einsamkeit? Hilde empfand ein beklemmendes Gefühl. Ihre Neugier, gepaart mit jugendlichem Übermut, wandelte sich in stilles Mitleid. So übel hatte das Leben ihm mitgespielt, dass er nicht mehr an die Menschen glauben konnte. Der vornehme Ruhesitz, auf dem Hilde saß, kam ihr nun wie eine Fessel vor, aus der sie baldmöglichst zu entfliehen trachtete. Aber da stand der Graf auch schon auf und verneigte sich förmlich. Er redete etwas vom Dank an die Eltern, von einem Besuch, den er machen werde, wenn es ihm seine umfangreichen Quellenstudien gestatten sollten. Dann schlich Hilde, die sonst so Fröhliche, Leichtbewegte, aus dem alten Schloss, dessen Pforte in den verrosteten Angeln ein eisernes Hohnlachen auszustoßen schien, als sie sich hinter ihr schloss.

Nun begab es sich, dass der Herr Graf gerade ein Zimmer bewohnte, das Hildes kleinem Stübchen im Pfarrhaus gegenüberlag. Allabendlich strahlte vom Schloss her ein gedämpfter Lichtschein durch die hohen Scheiben. Hinter den dünnen Vorhängen sah Hilde den alten Herrn oft auf und ab wandern. Dabei hatte er die Hände auf dem Rücken zusammengelegt, schien laute Selbstgespräche zu führen und ließ sich nach einiger Zeit wieder auf einen Sessel fallen, wo er das Haupt schwer in die Hand stützte. Machten ihm wohl seine Ahnen solche Sorgen? Hütete er ein banges Schuldgeheimnis? Oder verfolgte ihn die große, glänzende diplomatische Welt sogar bis hierher in das stille Stammschloss seiner Vorfahren? Eigentlich schalt sich Hilde, dass sie die Augen immer wieder hinüberwandern ließ; aber das war schon vorher allabendlich ihre Gewohnheit gewesen, als noch Dunkelheit über jenen Räumen lag. So konnte sie es auch jetzt nicht so leicht lassen.

Die Persönlichkeit des alten Weltflüchtlings fesselte sie je länger, je mehr. Ob er sich nicht hineinsteigerte in seine Menschenfeindschaft? Im Ort wurde er kaum je gesehen. In der Kirche war er noch nie gewesen. Seinen Besuch im Pfarrhaus hatte er kurz und förmlich abgemacht. So war er allein mit seinem Elend.

Es ließ Hilde nicht zur Ruhe kommen. Sie hatte vor kurzem erst die Wirklichkeit der Liebe Gottes an ihrem jungen Herzen erfahren und war durch die ernsten und erwecklichen Predigten ihres Vaters entscheidend erfasst worden. Nun war ihr eine neue Welt aufgegangen, in die sie im Feuer der ersten Liebe so gern alle Menschen in ihrer Umgebung an den Händen hineingeführt hätte. Ob sie nicht den alten, einsamen Herrn dort drüben auch so an der Hand fassen könnte, ihn in das lichte Reich der Liebe Gottes einzuführen imstande wäre?

Es nahte der 1. Advent. Wieder einmal hatte der letzte Graf von Dankwartshausen bis in die späten Nachtstunden die Aufmerksamkeit des jungen Mädchens erregt. Sie glaubte gesehen zu haben, wie er einmal mit zorniger Faust ins Weite gedroht hatte. Und dann war er niedergesunken auf seinem Sessel, hatte den Kopf schwer auf die Arme sinken lassen und, wie Hilde ganz sicher zu sehen geglaubt, geweint. Das hatte sie noch schmerzlicher berührt. Ohne den Eltern eine Andeutung zu machen, ohne sich zu besinnen über Statthaftigkeit und Recht ihres Beginnens, setzte sie sich an ihren Tisch und schrieb einen Brief:

„Sehr geehrter Herr Graf!"

Nach dieser Anrede hielt sie inne und bearbeitete den

Federhalter mit den Zähnen. Ob man so schrieb? Aber was tat es auch, wenn ein Formfehler dabei war? Sie schrieb ja eigentlich mit dem Herzen, nicht mit der Feder, und so fuhr sie fort:

„Wenn ich mir erlaube, einige Zeilen an Sie, hoch geehrter Herr, zu richten, so werden Sie das vielleicht verzeihen, wenn ich gleich bemerke, dass mich dazu nur die Liebe bewegt."

Halt, Hilde, dachte sie hier. Du redest zu einem Herrn von Liebe? Ja, aber es war doch ein alter, dem Leben abgewandter Sonderling; er konnte sie nicht missverstehen. Weiter:

„Menschen können uns wohl sehr enttäuschen, vielleicht aus Mutwillen, vielleicht auch ohne Absicht. Aber in dieser Traurigkeit müssen wir unseren Blick aufwärts wenden. Von Gott kommt uns ganz gewiss immer wieder ein Trost, wenn wir nur von Herzen auf Sein Wort hören. Zudem naht jetzt wieder die schöne Zeit des heiligen Advents. Da will uns das liebe Christkind besuchen mit all Seiner Freude: Es ist mir so ein Anliegen, dass es auch anklopfe an der eisernen Pforte von Schloss Dankwartshausen, dass es auch bei Ihnen, hoch geehrter Herr Graf, Aufnahme finde. Dürfen wir vom evangelischen Jugendkreis Ihnen einmal singen? Wir würden uns sehr freuen.

Es grüßt Sie mit aller Ehrerbietung
Ihre Hildegard Fehndrich."

Als sie diesen Brief fertig hatte, atmete sie auf. Sie besann sich nicht mehr lange, sondern schlüpfte schnell zum Pfarrhaus hinaus und warf ihr Schreiben kühnlich in den gewaltigen Dorfbriefkasten. Da eilte sie wieder auf ihr Stüblein zurück und beugte sich über eine Arbeit, auf die sie sich seit Wochen gefreut hatte. Alle Kranken im Ort sollten auf

Advent einen Tannenkranz mit weißen Kerzen bekommen. Den größten aber sollte Schloss Dankwartshausen sehen. Mit flinken Finger flocht sie Zweiglein an Zweiglein. Dann steckte sie vier blütenweiße Kerzen in das Gezweig und bewunderte mit frohem Blick ihr Werk. Es war gut gelungen. Aber ob diese Kerzen wohl jemals entzündet würden? Man musste es dem alten Herrn eben beibringen, vormachen, und dazu ersann das Mädchen eine kleine Kriegslist.

Sie rückte ein kleines Tischchen ganz nahe an ihr Fenster. Morgen, am 1. Advent, sollte zum ersten Mal die Weihnachtsbotschaft ins Schloss hinüberstrahlen. Deshalb baute sie jetzt ein kleines, farbiges Transparent auf dem Kranz auf, der morgen Abend mit brennenden Kerzen ihr eigenes Zimmer schmücken sollte. Stellte man eine Kerze dahinter, so las man die Worte: „Siehe, dein König kommt zu dir!" Mit unendlicher Mühe hatte Hilde diese Schrift selbst in schönen, großen Buchstaben ausgeschnitten und mit rotem Seidenpapier sichtbar gemacht. Es musste deutlich von drüben zu lesen sein.

Auf ihren kühnen Brief erwartete sie eigentlich kaum eine Antwort, und als sie am späten Abend zu Bett ging, kam ihr das Unterfangen sogar recht anmaßend vor. Ganz kindlich betete sie noch: „Nasse Augen trockne du, müde Herzen bring zur Ruh, alle Menschen, groß und klein, sollen dir befohlen sein!"

Als der Gottesdienst am ersten Adventssonntag zu Ende war, stand Joachim vor dem Pfarrhaus. Er zog feierlich einen Brief aus der Manteltasche und gab ihn ab mit den Worten: „Der Herr Graf lassen sich empfehlen!" Der Brief kam in Vaters Hand. Der besah sich den Umschlag genau und erbrach sodann das Schreiben, um mit wachsendem Erstaunen zu lesen:

„Sehr geehrtes Fräulein!

Es gab in meinem Leben auch einmal eine Zeit, in der sich junge Fräulein nach mir umsahen. Damals war ich noch flotter Rittmeister bei den blauen Ulanen und der Regimentsarzt hatte an meinem Wuchs nichts auszusetzen. Aber dann kam das Leben gegangen und die Fräulein entflohen und mit ihnen meine jungen Jahre. Eine aber von denen, die nach mir blickten, gefiel mir. Ich sah in ihren Augen das Herz, ohne das jedes weibliche Wesen wertlos ist. Da heiratete ich sie und war sehr glücklich.

Aber als das Glück alle seine Gaben vor uns ausgebreitet hatte – zwei reizende Kinder wurden unser eigen –, packte es wieder ein und schloss alles in einen Sarg … in drei Särge ein.

Verstehen Sie? Das war in einer Weihnachtszeit. Als die Menschen wieder ihre Christbäume anzündeten, saß ich allein in tiefem Schmerz. Damals, sehr geehrtes Fräulein, ging mir das Christkind *verloren.* Ich unterstreiche dieses Wort, weil es bis heute nicht wiedergefunden werden konnte. Ich danke für Ihre Teilnahme mit geziemender Höflichkeit und verbleibe Stefan Graf von Dankwartshausen."

Diesen Brief überreichte der Vater seiner Tochter mit den Worten: „Unsere Hilde macht sich. Sie macht sich in Korrespondenzen, in Freundschaften und empfängt gräfliche Briefe. Wie wird das enden?"

Hilde war purpurrot geworden und blickte auf die Spitzen ihrer Schuhe nieder. Dann entwich sie mit ihrem Brief in ihr Zimmerchen, wo sie wie ein ertapptes Kind die Zeilen vom Schloss immer wieder las. Wie hatte der alte Herr geschrieben? „Ich habe das Christkind verloren." Aber dann war es doppelte Liebespflicht, ihm zu helfen, bis er es wiederfand! Wer das Christkind verloren hatte, der musste ja sich selbst verloren haben, dessen Herz kannte keine Ruhe.

Vom Singen stand nichts in des Alten Brief. Also hatte er es nicht abgelehnt. Schon waren etliche Freundinnen verständigt. Aber erst sollte noch die Botschaft des Lichts an ihn gelangen. Mit einer gewissen Ungeduld erwartete Hilde den Abend, der endlich über den ersten Schnee blaue Schleier legte. Das Schloss lag wie verzaubert, doch das Fenster des alten Herrn war dunkel. Umso heller strahlte es jetzt vom Pfarrhaus hinüber. Groß und feierlich brannten die dicken weißen Kerzen mit ihren vier goldenen Flammen und das rot leuchtende Schriftwort musste sich von drüben wunderbar ausnehmen. Ob er es wohl sah? Hinter den dunklen Vorhängen stand und herüberspähte? Ob nicht in seinem Herzen das Verlangen aufwachte, das verlorene Christkind zu suchen?

Eine Stunde später standen sechs junge Mädchen vor dem Tor und begehrten Einlass. Erstaunt machte Joachim seine altgewohnte Verbeugung, als er die Fräulein erblickte, die so ungerufen am Schloss Dankwartshausen anpochten. Er gab den Bescheid, dass der alte Herr zu Bett liege und leider nicht zu sprechen sei. Er habe sich bei einem nächtlichen Ausgang eine empfindliche Erkältung zugezogen. Ob sie dann ein Lied singen dürften unter dem Fenster seines Zimmers, fragte Hilde und ihre Stimme zitterte etwas.

„Ein Lied? Hm! Das weiß ich selber nicht, meine Damen. Der Herr ist nicht musikalisch und in der letzten Wohnung wurde er durch Klavierspielen oft bis aufs höchste aufgebracht. Aber – ein Lied ist ja etwas anderes." Prüfend sah er sich die Sängerinnen an. Gewiss würde ihr Singen die Erkältung nicht verschlimmern. „Ich nehme es auf mich", sagte er endlich und schritt voran über den verschneiten Gartenweg.

Die Mädchen entzündeten mit etlicher Mühe Hildes mitgebrachten Adventskranz. Dann erklang es, von frischen, klaren Stimmen gesungen:

Mit Ernst, o Menschenkinder,
das Herz in euch bestellt,
bald wird das Heil der Sünder,
der wunderstarke Held,
den Gott aus Gnad allein
der Welt zu Licht und Leben
versprochen hat zu geben,
bei allen kehren ein.

Bereitet doch fein tüchtig
den Weg dem großen Gast,
macht seine Steige richtig,
lasst alles, was er hasst;
macht alle Bahnen recht,
die Tal lasst sein erhöhet,
macht niedrig, was hoch stehet,
was krumm ist, gleich und schlicht.

Ach mache du mich Armen
zu dieser heilgen Zeit
aus Güte und Erbarmen,
Herr Jesu, selbst bereit.
Zieh in mein Herz hinein
vom Stall und von der Krippen,
so werden Herz und Lippen
dir allzeit dankbar sein.

Der alte Joachim zog seine Mütze und sagte: „Recht schönen Dank! Der Herr Graf lassen danken, wenn er auch nicht aufstehen kann." In seinen Augen aber blinkte etwas Feuchtes, als Hilde ihm den Adventskranz mit der Bitte überreichte, er möge dem Herrn Grafen diese Lichter fleißig anzünden an den dunklen Winterabenden, vielleicht werde er dann bald genesen.

„Ja", meinte Joachim, „das wird er ganz gewiss!"

Als Fräulein Thekla oben das Fenster öffnete, kam sie gerade noch recht, um die Mädchen abziehen zu sehen. Sie schüttelte den Kopf und murmelte: „Jugend hat keine Tugend!", wobei sie an die Gefahr dachte, die durch das Betreten des Hauses gedroht hätte. Schneewasser war nicht ihre Freude. Und für das Augenwasser des alten Joachim hatte sie auch kein überwältigendes Verständnis an diesem Abend. Im Vorbeigehen sagte sie zu ihm: „Das nehmen Sie nur auf Ihre eigene Verantwortung! Der Herr Graf liebt solche Sentimentalitäten nicht!"

„Lassen Sie mich ungeschoren", erwiderte Joachim und setzte seine Mütze wieder auf. Und indem er weiterging, murmelte er vor sich hin: „Was kann ich dafür, wenn meine Wasserleitung noch nicht so eingefroren ist wie die ihre!"

Winterstille wob in den kommenden Tagen um Schloss Dankwartshausen. Der einzige Laut, den man dann und wann vernahm, war ein heftiges Husten des alten Herrn. Er hatte keine leichten Tage. Die große Einsamkeit in den alten Mauern lastete zudem schwer auf seiner Seele. Die Stunden schlichen langsam vorbei, die Abende waren geradezu endlos. Immer wieder ließ er die Geschichte des Schlosses an sich vorbeiziehen. Zuletzt langten die Gedanken im eigenen Leben an und durchwanderten es nach allen Richtungen.

Dann erhob er die Hand, als wollte er unangenehme Bilder von dannen scheuchen, und stöhnte.

Zuletzt aber, da es nur noch etliche Tage bis Weihnachten waren, sagte Herr Stefan urplötzlich an einem Abend: „Joachim, rücke mein Bett an das Eckfenster!"

„Das Bett, Herr Graf?"

„Hast du geschlafen, Joachim?"

„Nicht doch! Aber es zieht vielleicht am Fenster, was für den Husten des Herrn Grafen nicht gerade Arznei wäre."

Der Graf sagte nichts mehr, welche nichts sagende Rede der Diener besser verstand als viele Worte. Eilfertig rückte er mit einiger Mühe Bett und Herrn ans Fenster und verstopfte dann alle Ritzen, die einem unbotmäßigen Wind Einlass gewährt hätten. Und siehe, es war die rechte Zeit gewesen. Denn jetzt eben erschien drüben im Nachbarhaus hinter den Gardinen eine schlanke Mädchengestalt und eine feine, im Lichterglanz durchscheinende Hand entzündete weiße Kerzen an einem Adventskranz. Zugleich flammte es rot durch die Nacht und der alte Herr las die Worte: „Siehe, dein König kommt zu dir!"

Es war nicht das erste Mal, aber er las sie an diesem Abend wie etwas, das er nicht missen wollte. „Joachim", sagte er gleichwohl, „sind die Buchstaben nicht etwas zu eckig ausgeschnitten?"

„Jawohl, Herr Graf!"

„Ja, das sehe ich mit meinen alten Jägeraugen noch besser als mancher Dreißigjährige. Was meinst du, wer hat diese Worte gezeichnet und ausgeschnitten?"

„Das junge Pfarrfräulein, Herr Graf."

„Ja, die Mädels machen solche Sachen. Es ist nicht unschön, gewiss nicht."

„Soll ich das Licht anzünden, Herr Graf?"

„Nein – doch, ja – aber nicht die Lampe. Hole den Kranz und stelle ihn auch hierher ans Fenster. Den zünde an, Joachim! Vielleicht freut sich das Fräulein daran." Der Graf hustete heftig.

„Das kalte Fenster!", sagte Joachim besorgt.

„Nein, ich bleibe hier!"

Schon brannte das erste Licht auf dem Kranz des alten Herrn; zum ersten Mal war es, dass bald alle Lichter leuchteten. Die beiden Adventskränze standen sich jetzt gegenüber, als wäre einer das Spiegelbild des anderen, nur dass bei dem alten Herrn die Worte fehlten. Ein froher Schein zog über das hagere Gesicht des alten Mannes, als er der Freude gedachte, die jetzt des Pfarrers Töchterlein erfüllen würde.

Und die war in der Tat groß. Hilde traute ihren Augen kaum. Sollte denn ein wirkliches Weihnachtswunder geschehen sein? –

Einige Tage waren es nur noch bis zum Erklingen der Weihnachtsglocken. In Hildegards Herzen klangen sie jetzt schon, und auch im Innern des alten Herrn läutete etwas von ferne her wie Christmettenklang über einem verschneiten Wald. Zwei Tage vor dem Fest sagte er mit großer Entschlossenheit zu seinem Helfer: „Joachim, am ersten Christtag gehen wir in die Kirche!"

„Der Herr Graf werden das kaum vermögen."

„Vermögen? Ich? Wegen dem bisschen Husten? Darüber konferieren wir nicht weiter, Joachim, Weihnachten soll doch die Menschen verjüngen."

Aber am Morgen des Heiligen Abends kam Joachim etwas verstört im Pfarrhaus an mit der Nachricht, der alte Herr habe eine sehr schlechte Nacht gehabt. Er habe im Fieber gesprochen und ganz seltsame Reden getan. Der Arzt sei schon da gewesen, und Herr von Dankwartshausen habe

ihn seltsamerweise gefragt, ob ihm auch das Christkind verloren gegangen sei. „Der Herr Graf hat Fieber", hatte der
Arzt dazu gemeint und ihm das Übliche verschrieben. Und
beim Gehen mahnte er: „Ruhe, Ruhe, Ruhe!"

Joachim räusperte sich. „So geht es im Leben", sagte er.
„Der Herr wollte mit Gewalt morgen in die Kirche und nun
ist es aus damit. Aber", er neigte sich zu Hilde und lächelte,
„freundlich ist er geworden, Fräulein Hildegard – so ganz
anders als früher! Es ist doch etwas dran mit dem Christkind, auch wenn die Menschen nichts von ihm wissen wollen. Und Ihnen danken wir es!" Er ging, etwas nieder-
gedrückt und besorgt, nachdem er noch im Namen seines
Herrn den Pfarrer hatte bitten müssen, bei dem Kranken
baldigst einen Besuch zu machen.

Dieser traf den Alten schwach und doch seltsam lebhaft.
Das Bett stand noch immer so, dass der Blick das Pfarrhaus
traf.

„Es ist mir ein liebes Bild, Herr Pfarrer. Sehen Sie, wie
sich das Pfarrhaus duckt unter die verschneiten Tannen, bei
denen die Vögel immer ab und zu fliegen! Die große Tanne
ist zu herrlich! So eine stand mir immer vor der Seele, wenn
ich in der Großstadt sein musste; und das ist nun mein
Christbaum. Das Licht dazu kommt aus Fräulein Hildegards Fensterlein, Herr Pfarrer." Der Graf sah nach innen
und legte die Hände gefaltet über die Brust. Nach einer Weile fuhr er fort: „Bei vielen leuchtet es nicht mehr, das Licht.
Sie haben das Christkind verloren und so war es auch bei
mir. Ich habe so viel, unendlich viel gefunden im Leben, aber
nicht gemerkt, dass ich das Beste verloren hatte, das Licht
über allem. So ist mein Leben ein Transparent ohne Licht
geworden, und nichts hat mehr geleuchtet. Aber nun, heute
Nacht …!"

Pfarrer Fehndrich hatte nicht viel zu sagen. Der alte Herr sagte alles und obgleich seine Augen fieberglänzend waren, lag doch ein tiefer Wahrheitsernst in dem, was er sprach. Nein, das waren keine Phantasien. Es war das Reden seiner Seele in Bildern, während seine Augen immer wieder die herrliche Tanne umfassten und dann auf dem Fenster ruhten, hinter dem der Adventskranz auf den Abend wartete.

Es gibt aber einen, der fragt nach den Festen der Menschen nicht sonderlich viel, und wenn er einkehren will, begehrt er keine Vorbereitungen. Der stand am Tag vor dem Christfest vor dem alten eisernen Tor und zog nicht einmal den Glockenzug, der durch den eisernen Löwenrachen führte. Dagegen trat er ohne Entschuldigung ein und schritt die Schlosstreppe so leise empor, dass nicht einmal Fräulein Thekla es merkte. Nur Joachim hatte etwas wahrgenommen von seinem Schritt, denn als er nach dem Herrn schaute, gefiel ihm dieser nicht. Er zog so schwer Atem wie noch nie und winkte mit der Hand, während er doch sonst die Stimme gebrauchte, und flüsterte ihm ins Ohr, dass er doch Fräulein Hilde bitten solle, zu ihm zu kommen. Er habe noch eine Bitte, gerade heute Abend vor dem Christfest, und dann wolle er mit den Wünschen für diese Erde abschließen.

Joachim erschrak und ihm ahnte ein Gewisses, wovon er aber Hilde nichts berichtete. Die eilte schnell durch den verschneiten Garten, in dem die kleinen Tannen gebückt unter einer Schneelast dastanden und sah diesmal die herrlichen Bilder nicht, die den hohen Wandelgang zierten. Dafür sah sie in den Augen des alten Herrn ein Weihnachtslicht leuchten, das keines Menschen Hand angezündet hatte und das mit hellem Schein nach innen brannte. Und dann fühlte sie ihre junge Hand in seiner großen, zitternden, Abschied nehmenden, und es durchrieselte sie kühl.

Aber Herr von Dankwartshausen sah sie mit warmen, wenn auch müden Augen an und bat sie, ihre Freundinnen doch noch an diesem Abend zum Singen zu rufen.

Zum Singen, heute, am Heiligen Abend? Hilde wollte fragen, aber sie wagte es nicht. Die Stunde hatte zu gebieten; es war ein Notgottesdienst, den der alte Herr sich erbat. „Bringen Sie auch meinen Brief mit, den ich einst schrieb", sagte er noch. „Ich muss etwas hinzufügen. Und dann lassen Sie mir heute die Lichter drüben wieder brennen. Mein Kranz soll auch leuchten. Es ist Weihnacht heute!"

Als die ersten Schatten des Heiligen Abends herniedersanken, war das Trüpplein versammelt. Sechs Mädchengesichter blickten von der Freitreppe erwartungsvoll empor, bis Joachim das Zeichen gab zu beginnen. Türen und Fenster standen offen, als der frohe Weihnachtsgesang ertönte:

> Wir waren all verloren
> in tiefer Not und Nacht;
> da wurdest du geboren
> und hast uns Heil gebracht;
> dein wundersames Weihnachtslicht
> Erleuchtet Herz und Angesicht.
>
> Nun dürfen wir uns wenden
> zu deinem hellen Schein
> und kehren aller Enden
> bei dir, der Heimat, ein.
> Am Kripplein, wo wir dich umfahn,
> ist uns der Himmel aufgetan.

Nur dieses eine Lied wünschte der Herr zu hören. Zu einem zweiten sei er zu müde. Aber tausendfachen Dank sage er allen. Jeder Sängerin hatte er noch ein kleines altes Bild einpacken lassen, darauf der Zweig einer Blautanne aus dem Schlossgarten steckte.

Hildegard sollte noch einmal zu ihm kommen; und als sie ins Zimmer trat und ihm den Brief aushändigte, begehrte er einen Stift und schrieb: „Ich habe das Christkind wiedergefunden, denn es fand mich." Müde sank er zusammen, nachdem er ihr noch ein kleines Päckchen in vergilbtem blauem Seidenpapier gereicht.

Mit feuchten Augen stieg Hilde die Freitreppe hinab. Als sich das Tor vor ihr öffnete, läuteten die Glocken das Fest ein. Die beiden Adventskränze leuchteten sich bis gegen Mitternacht. Dann flackerte drüben die letzte Kerze und erlosch.

Als Hilde ihr Päckchen öffnete, leuchtete ihr das Bild einer feinen Frau aus altgoldenem Rähmchen entgegen. Unter ihm stand: Meine Mutter.

Das war ein Vermächtnis für sie. Lange sah das Mädchen auf diese edlen Züge, die von Leid überschattet waren und doch so siegesgewiss blickten. Sie sprachen von Gottes Liebe und von seinem Frieden, der höher ist als alle Vernunft.

Leise löschte Hildes Finger das Licht der weißen Kerzen, damit sie im Dunkel der Christnacht warteten auf den strahlenden, hellen Festmorgen, der folgen sollte.

Ein Weihnachtsgeschenk

Es war in den Notjahren nach dem Ersten Weltkrieg. Die Geldentwertung hatte alle Ersparnisse zu einem Nichts zusammenschrumpfen lassen und die Blößen der Bedürftigkeit fühlbar und sichtbar gemacht.

Dann hatte sich über Nacht das Wunder der Rentenmark begeben. Doch diese Mark war noch sehr selten und für kleine Leute oft nur ein Wunschbild. Man musste sich an allen Ecken einschränken und konnte nur dem ärgsten Mangel wehren. Wen kann es da Wunder nehmen, dass auch die Kunst nach Brot ging! Denn zuerst sorgten die Menschen doch für das Allernotwendigste und nur zuletzt oder auch gar nicht dachten sie an den Erwerb von Dingen der Kunst.

So war denn auch der Maler Hermann Hoff mit seiner Familie nicht auf Rosen gebettet. Seine Lehrjahre hatte er in Süddeutschland verbracht. Dann hatte es ihn aber wieder in die Hessenheimat zurückgezogen, in sein kleines Dorf am Meißnerhang, wo der Vater als Kleinbauer und Bergmann sein Brot gefunden hatte. Nun war nur noch die Mutter da, die mit einer ihrer Töchter das kleine Haus bewohnte, dahinter der große, ins Tal schauende Grasgarten mit seinem Bienenstand und seinen Obstbäumen lag.

Der Künstler hatte mit Frau und Kindern eine Wohnung im Unterdorf gefunden. Wenn er zum Elternhaus hinaufging, die gütige alte Mutter zu besuchen, schritt er am Stock, denn er war von klein auf ein wenig gehbehindert. Seine Füße waren wie zwei ungleiche Brüder, der schwächere saß an einem etwas kürzeren Bein. Deshalb konnte sich der mittelgroße, breitschultrige Mann nicht so gut bewegen, wie er wohl wollte und bei seinem Beruf als Landschafts- und Porträtmaler nötig gehabt hätte. Doch ließen sein Wille und seine Tatkraft ihn auch ansteigende Feld- und Waldwege bezwingen, um schöne Ausblicke zu gewinnen und gute Motive in Öl oder Aquarell auf der Leinwand festzuhalten.

Seine Landschaften und Porträts waren geschätzt; denn sie zeugten von einem untrüglichen Blick und einer Meisterhand. Wie oft hatte er seine Eltern gemalt, den Vater mit dem Sätuch auf dem Acker oder in einer Feierstunde hinter der alten Bibel, die Mutter im abendlichen Lampenlicht beim Tischgebet oder mit einem ihrer Enkelkinder im Frühlingsgarten! Dazu die Bauern beim Scharwerk auf den Bergäckern oder bei der Erntearbeit. Auch den sorglosen Bruder Straubinger, der als Herrgottsvogel umherstrich und von Vergeltsgott lebte, hatte er nicht selten in das Bild der Heimat gestellt.

In den ersten Rentenmarkjahren waren die Aufträge selten, die Einnahmen spärlich. Und Miete, Brot und Kleider für die Kinder mussten doch beschafft werden. Da war es denn ein Lichtblick, wenn Sommergäste auf den Frauhollenberg kamen, die sich auch im Dorf umsahen. Dann geschah es bisweilen, dass der Maler, den man in dieser dörflichen Einsamkeit nicht vermutet hatte, Besuch bekam. Es war nicht nur Neugier, die den Fremden den Weg zu ihm wies, sondern auch echte Begeisterung und Sinn für gute Kunst. Seine Bilder erregten Bewunderung und Freude und manches fand auch einen Abnehmer.

Ein besonderer Glücksfall führte einen Herrn Brabender vom Niederrhein in die Werkstatt des Malers. Herr Brabender betrieb in seiner Heimat eine Fabrik, die Walzenstühle und Maschinen für das Müllergewerbe herstellte und auch für das Ausland arbeitete. Er weilte mit seiner Familie in der Sommerfrische und freute sich, in dem kleinen Dorf einen großen Künstler entdeckt zu haben. Das Reich der Frau Holle mit seinen Felsklippen und Wäldern war ihm ans Herz gewachsen und da er's hier mit all seiner Schönheit und seinem Zauber im Bilde wiederfand, war er so entzückt, dass er drei Bilder für seine Villa auswählte und ohne Feilschen den Preis bezahlte, den der bescheidene Künstler zögernd nannte.

Herr Brabender schien den Maler ebenso zu schätzen wie den Menschen, der äußerlich zwar eigen und knorrig, im Kern aber sehr schlicht und aufrichtig war. Schade, dass er sich draußen in Wald und Flur nur mit Mühe bewegen konnte und seine Gänge in engen Grenzen halten musste.

Die Wälder des hohen Meißners prangten in buntem Herbstlaub, als Brabenders mit den erworbenen Bildern abreisten, gefolgt von den dankbaren Gefühlen Frau Hoffs, die nun die Ausgaben für Holz und Winterkartoffeln nicht mehr zu fürchten brauchte. Dieser Sorge war sie enthoben. Sie konnte wirtschaften, ohne mit jedem Pfennig zu knickern. Das machte sie heiter und unbeschwert.

Auffällig war ihr nur, dass ihr Mann seit der Abreise Brabenders so verändert war. Fehlte ihm etwas? Drückte ihn eine Sorge? Das war jetzt, wo sie einen Notpfennig in der Schublade wussten, doch ganz unnötig. Bis zum Frühjahr waren sie gesichert und dann würde der Herrgott wohl schon weiterhelfen. Aber jetzt musste sie ihren guten Mann mit Liebe oder List zu bewegen suchen, sich mal das Herz zu erleichtern. Und das gelang ihr auf Frauenweise. Was sie da hörte, war sehr sonderbar.

„Frau", gestand er ihr, „ich habe Tag und Nacht keine

Ruh. Ich glaub, ich hab Herrn Brabender zu viel abgenommen. Denke dir nur, so viel Geld! So viel haben wir ja noch nie zusammen gesehen. Ist das nicht sündhaft?"

„Aber Mann!", beschwichtigte sie ihn. „Es waren doch auch drei Bilder und mit die besten, die du geschaffen hast! Und Herr Brabender hat bei deinem Preis doch mit keiner Wimper gezuckt. Er hätte es gewiss gesagt, wenn sie ihm zu teuer gewesen wären. Es ist nicht die Art der Rheinländer, hinter dem Berg zu halten. Also mach dir mal keine Sorgen! Ich glaube, deine Forderung ist ihm recht bescheiden vorgekommen. Sonst hätte er doch nicht gleich voll bezahlt."

„Nein, nein, Frau! Bescheiden bin ich in diesem Fall nicht gewesen. Du musst bedenken, dass die Rentenmark auch von diesen Leuten nicht leicht verdient wird."

„Aber immer noch leichter als von dir", meinte die Frau. Doch sie konnte seine Bedenken nicht zerstreuen.

„Was sollen nur die Leute von mir denken?", grübelte er. „Sie werden mich für einen Schabehals halten."

„Mann, nun tu mir den Gefallen und sei zufrieden! Freu dich, dass es noch Menschen gibt, die für die Kunst etwas übrighaben!"

„Aber es ist doch nicht recht, dass ich so viel verlangt habe. Seitdem will mir mein Pfeifchen nicht mehr schmecken. Ich muss es irgendwie wiedergutmachen." Er steckte das erkaltete Pfeifchen in die Tasche und schüttelte den Kopf über sich selber.

Frau Hoff lachte und nannte ihn einen allzu gewissenhaften Grillenfänger. Sie liebte ihn umso mehr, wusste sie doch, wie wahr und klar er in seinem Wesen war.

Nach einigen Tagen kam er heiter und aufgeräumt aus seinem Atelier herunter, das Pfeifchen im Mund und von blauen Wölkchen umwirbelt. „Nun weiß ich", sagte er, „wie ich das bei Brabenders gutmachen kann. Ich schicke ihnen noch ein Bild. Das gleicht alles aus."

Die Frau stimmte ihm zu. Denn sein Seelenfrieden, von dem die Schaffensfreude abhing, war ihr mehr wert als alles andere. Nach dem Mittagsmahl stieg sie mit ihm ins Atelier hinauf, wo sie gemeinsam ein Bild aussuchten. Sie wählten die Trollblumenwiese. Eine Bergwiese in flacher Mulde, von einem glitzernden Bächlein durchrieselt, trägt Trollblumen in leuchtendem Goldton. Am Rand der Wiese ragt lichtes Gehölz voll Sonne und sprossender Kraft. Dieses Bild packten sie sorgsam ein und ließen es mit einem Brief an Herrn Brabender abgehen.

Es kam eine knappe, fast geschäftsmäßig lautende Empfangsbestätigung, die den Maler in Ungewissheit ließ, ob damit die Angelegenheit zu aller Befriedigung erledigt sei. Der beunruhigende Gedanke ließ ihn noch immer nicht los und wollte ihm schier die Freude auf das Weihnachtsfest verderben.

Der Heilige Abend dämmerte heran. Da schickte der Bürgermeister, der größte Bauer des Dorfes, einen Knecht zu Hermann Hoff, er solle gleich mal ans Telefon kommen. Die nächste Bahnstation habe ihn dringlich verlangt. Der Gerufene ging, verwundert, was es sein könnte, mit dem Boten und betrat die Wohnstube des Bürgermeisters, die – wie damals in diesen kleinen Dörfern üblich – zugleich die Amtsstube war. Er nahm den Hörer ans Ohr und erfuhr zu seiner Überraschung, von einem Herrn Brabender seien soeben ein Pferdchen mit komplettem Riemengeschirr, ein leichter Wagen und ein Jagdschlitten für ihn angekommen und noch heute abzuholen, da das Tier doch gefüttert werden müsse.

„Also, Hermann", sagte der Bürgermeister zu seinem alten Schulkameraden, „du fährst jetzt sofort mit Hannklaus im Schlitten zum Bahnhof. Er hilft deinem Pferdchen ins Geschirr und du steigst in deinen eigenen Schlitten. Hannklaus hängt den leichten Kutschwagen an unseren Schlitten und so kommt ihr zurück. Deiner Frau sagst du noch nichts. Ich schicke ihr Bescheid, du wärst in zwei Stunden wieder da. Hier hast du Mantel und Schal von mir, pack dich gut ein, es ist kalt! Handschuhe hast du ja. Und nun fahrt los!"

Hermann Hoff saß wie ein Träumender neben dem Knecht, eine Wolldecke um die Beine, und fühlte das angenehme Hinweggleiten über den Schnee. Die winterliche Landschaft lag in einem bläulichen Schimmer und das Schellengeläute der Pferde klingelte durch die Stille. Der Schnee knirschte unter den Kufen und die Hufe des trabenden Gespanns wirbelten geballte Flocken gegen den Schlittenschirm. Es war wirklich ein schöner Traum, so über die Höhe und ins jenseitige Tal und einem ungeahnten Glück entgegenzufahren.

Als das erste Zeichen zur Heiligabendkirche erscholl, kamen zwei Schlittengespanne ins Dorf, der Knecht mit dem angehängten Wägelchen und Hermann Hoff in einem leichten Schlitten hinter einem sandfarbenen kräftigen Pony. Ein ihm vom Fahrdienstleiter ausgehändigtes Bahntelegramm besagte, dass Familie Brabender dieses Weihnachtsgeschenk dem Maler Hermann Hoff zugedacht habe und guten Empfang wünsche. Das nahm dem Beschenkten nun auch die letzten Gewissensbedenken hinsichtlich einer allzu hohen Forderung für die Bilder.

Nach dem Fest traf noch ein Brief von Herrn Brabender ein. Er schrieb, wie sehr das nachgesandte Bild sie entzückt und wie er es seinen Eltern auf den Gabentisch gelegt habe. Die seien hoch beglückt gewesen und hätten es in einen schönen Rahmen fassen lassen. Da er, Herr Hoff, bei dem

Verkauf der drei Bilder nicht allzu gut weggekommen sei, weil er so zaghaft gefordert habe, so hätte das ausgeglichen werden müssen. Und das solle durch das Pferdchen und die beiden Vehikel geschehen. So oft er sich darin auf Reisen begebe, so oft sei ihm ein frohes „Fahre wohl!" gewünscht. Möge es ihm helfen, seiner Kunst in rechter Weise zu dienen.

Welche Freude Frau Hoff und ihre Jungen an dem Geschenk und an der Möglichkeit hatten, nun winters und sommers mal mit dem Vater durch die Landschaft zu kutschieren, das zu beschreiben mag der geneigte Leser dem Erzähler erlassen. Sie wetteiferten, das Tier mit aller Sorgfalt zu füttern und zu pflegen. Es ist nur noch zu sagen, dass Herr Hoff so manches Jahr im Schlitten oder Wägelchen zur Kreisstadt fuhr, gezogen von seinem braven Pony, dem schönsten Schaustück für die Dorfjugend. Auch auf Feld- und Waldwegen zog es seinen Herrn dahin. Da belauschte er die Natur, bereicherte seine Skizzenbücher mit Motiven und brachte sie als Beute heim, wie seine Bienen im väterlichen Grasgarten den süßen Honig eintrugen.

RICHARD KNIES

Ein Kind öffnet die Himmelstür

Seltsam, seltsam! – Auf dem Irrweg, in der Sackgasse eines verworrenen Lebens begegnet uns ein Knabe von besonderem Wesen und wird der kleine Gottgesandte, der von gebrechlicher Kraft, die Sperrwand hinüber in die Freiheit des Himmels für die bedrohte Seele durchstößt und nicht lange danach selber lautlos in sie eingeht. Man begreift nachträglich schwer, dass er einen irdischen Alltagsnamen gehabt und Andereeschen Gronauer geheißen und einmal wie gewöhnliche Kinder in den Herlishöfer Stuben, Höfen und Gassen als Kamerad mit uns gespielt haben soll. Das alles aber war so gewesen:

Wenn in Wiesengrundheim unsere kleine Familie allein in einem alten, schon ein wenig baufällig gewordenen Schulhause gewohnt hatte und wir Kinder fast keinen anderen Umgang als den der Mutter gehabt, so war das in Herlishofen, dem neuen Wirkungsort meines Vaters, anders geworden. Diese Gemeinde hatte damals nur eine einzige ihr selbst gehörige Lehrerswohnung besessen, die beim Eintreffen meines Vaters schon besetzt gewesen. So war es gekommen, dass wir nicht mehr allein in einem Hause hatten wohnen können, sondern in Mieten hatten ziehen müssen, und zwar bei dem Kleinbauern und Milchhändler Gronauer in der Graden Gasse, gegenüber der Friedenseiche, die im Sturme so erschreckend rauschte und die Äste aufbäumen konnte, wobei sich ihr Laub sträubte, wie bei mir in Angst und Entsetzen das Haar.

Gronauers haben viele Kinder gehabt; für uns lauter neue, ja sogar erste Kameraden. Das seltsamste unter ihnen war das Andereeschen, über das hier noch manches zu sagen sein wird. Meine Schwesterchen und ich bekamen jetzt noch andere Geschichten erzählt als nur die der Mutter. Es hat zum Erzählen immer besonders günstige Zeiten gegeben. Eindrucksvoll war es beim Heraufziehen und bei der Entladung eines Gewitters im Sommer unter Furcht und Grausen vor den blendend feurigen Blitzen, die rasend herniederstachen, als wollten sie das ganze Dorf mit einem glühenden Zaun bis in den Himmel hinauf umstecken. Dann wurde immer die Geschichte von dem schrecklichen Brand vor fast vierzig Jahren gebracht; der hatte das halbe Dorf eingeäschert und war dazu auch noch in Gronauers Hause ausgebrochen, in dem damals der Großvater mit einem geistig beschränkten Bruder gelebt hatte. Dieser war mitverbrannt. Man hatte seine verkohlte Leiche unter den Trümmern und Brandresten des Schuppens, dem ersten Herd des Feuers, gefunden, woraus man schloss, dass er es in seiner Verwirrung gelegt haben müsse. In der Familie sagte man, das kleine, immer kränkliche, etwas altkluge Andereeschen komme nach Zügen im Antlitz, nach Haltung und Bewegung auf jenen Großonkel heraus. Aber Vater und Mutter Gronauer wollten das nicht gelten lassen. Es komme keiner zweimal auf die Welt, meinten sie unwirsch.

Andereeschen, wenn es sich so in die Mitte des Gespräches gerückt und von Blicken wie mit Stacheln besetzt sah, zog die Stirne in Falten, sodass die stumpfen Augen größer wurden, als sie gewöhnlich waren, und schaute mit ihnen zugleich in sich hinein, die Sprecher an und über sie hinweg oder durch sie hindurch die Ferne, als suchten sie dort etwas. Dann hatte sein kleines, welkes Antlitz etwas Greisenhaftes und dazu Verzweifeltes, als ob es hinter der faltigen, gefurchten Stirn um die Wiederkehr einer Erinnerung ringe. Hin und wieder schnuffelte der Bub dabei mit der Nase. Nach einer Weile glättete sich das Antlitz, in die Augen stieg ein fahles Licht; es gab dem Blick das Dämmern einer seltsamen Überlegenheit, die etwa zu fragen schien: Was wisst ihr alle?

Am liebsten waren die neuen Geschichten anzuhören, wenn der Christtag zum Bescherabend abdämmerte. Hatten wir am Vormittag die steile Kettengasse hinunter Schlitten gefahren, so halfen wir am Nachmittag den Gronauerskindern in Hof, Scheuer, Schuppen und Stall aufräumen und säubern, damit alles in Ordnung sei, wenn Vater und Mutter Gronauer früher als an anderen Tagen mit dem von dem alten Schimmel gezogenen Milchfuhrwerk von Worms heimkämen. Vor allem aber deshalb, damit das Christkind, wenn es heute Abend käme, alles rein und weihevoll fände.

Auf der Gasse fing die Arbeit an. Da wurde alles Geniste der Werktagswoche vom Schnee hinweggekehrt, die gehäuften Schneewälle, die zwischen sich und den Hauswänden nur einen schmalen Pfad zum Gehen von Tor zu Tor frei ließen, wurden, wenn es nicht neu geschneit hatte, mit dem Rechen von der schon ein bisschen schmutzig gewordenen Kruste befreit, damit die unter ihr rein gebliebenen Flocken hervorkämen und aus deren Kristallen das Licht funkeln und sprühen könne, wenn heute Nacht das Christkind in seinem Glanze über sie hinwegfliege. Auch im Hofe streuten wir über den zertretenen, zerfahrenen, beschmutzten Schnee reinen, den wir aus den in die Ecken abseits gefegten Haufen heraus schöpften. Wie hätte es denn rein und weiß genug sein können für den göttlichen Besuch, den die Welt heute Nacht zu erwarten hatte?

Dann kam der Schuppen an die Reihe. Da wurden die umherliegenden Prügel und Rebenwellen ordentlich aufgeschichtet, das Gespäne und Gesplitter um den Hackklotz aufgekehrt und in dessen von vielen Schnitten zerfurchten Haupte Axt, Beile und Heben zur Ruhe über die Feiertage hübsch rund um den Rand herum eingehauen, sodass es aussah, als ob der Klotz drollig unförmige Hörner bekommen hätte, die steif hinausstanden. Die Säge wurde, damit sie über das Fest nicht roste, mit dem Säunabel eingerieben, entspannt und an die Schuppenwand gehängt, der Sägbock zusammengeklappt und wie gewöhnliches Holz an die Mauer gelehnt. Einmal aber stellte ihn das Andereeschen wieder auseinander und sagte: „Der darf auch lebendig sein, wenn heute Nacht um zwölf Uhr das Christkind kommt!"

Bis das alles getan war, kam auch die Dämmerung und mit ihr, grau und fast ein bisschen gespenstisch wie sie, die alte Bettlerin, die Queinzern. Merkwürdig gut passte dieser Name zu dem schlampigen, kleinen, vertrockneten alten Weiblein mit seiner quäksend weinerlichen Stimme. Man hörte sie auf ihren Bettelgängen nie um Gaben heischen, vielmehr begann sie gleich unter dem Tore das Vaterunser oder, wenn der Weg von da bis in die Stube kurz war, das Ave Maria zu beten. Dazwischen flennte und schnipste sie, wischte mit dem braungrauen welken Handrücken unter der Nase her und über die Augen, die weit hinter dem nur aus schmutzigen Runzeln bestehenden Gesicht zu lauern schienen und in ihrer huschenden Beweglichkeit ein seltsamer Gegensatz zu dem hinfällig schleichenden Gang der Alten waren. Ihr Gebet wurde zum Gemurmel und schließlich zu lautlosem Lippenbewegen, wenn sie beobachtete, was man ihr wohl geben oder ob man sie gar ohne Gabe davonschicken werde. Beim Verlassen des Hauses setzte sie dann wieder murmelnd ihre Gebete fort, oder sie brummte Verwünschungen, wenn ihr nichts gegeben worden war.

Niemand wusste, wie es gekommen war, dass sie eine Gewohnheit daraus machen konnte, alljährlich am Heiligen Abend, nachdem ihr die Mutter ein Geldstück gegeben und etwas Guts (Süßes), Lebkuchen und Wurst ins Henkelkörbchen gelegt hatte, sich zu uns Kindern in Gronauers Stall aufzumachen und alle Jahre die gleichen Geschichten zu erzählen, bis uns das feine silberne Läuten des Christkindes unter den Weihnachtsbaum rief. Jedenfalls war sie alljährlich da, nicht gerade gerne gesehen von Vater Gronauer, der sagte, das vielleicht auch grundlose Misstrauen gegen sie sei ein Erbstück. Schon sein seliger Vater habe die Alte nicht gern gemocht. Nur Andereeschen meinte, man solle die Base Queinzern doch kommen und da sein lassen.

Gronauers hatten damals noch keine Rübenmühle, sondern einen altmodischen Stoßtrog aus mächtigen, hölzernen Bohlen, in dem mit einem gestielten Messer in Achterform die Rüben zerstückelt und mit Häcksel und Spreu gemischt wurden. Er stand abseits in einer geräumigen Stallecke, die auch noch Platz genug für den Tagesbedarf an Stroh und Heu, die Stalleimer, Körbe und den Kasten mit Viehsalz hatte. Bis die „alt Queinzern" kam, war das Futter im Trog schon klein und gemischt, der Deckel lag wieder darüber, auf den die Bettlerin sich zu setzen pflegte. Sie zog die Füße in die Höhe auf den niedrigen Viehsalzkasten neben dem Trog, stellte das kleine Körbchen in den Schoß und legte die dürren Arme um die spitz emporstehenden Knie, vor denen sie die Hände zusammenfaltete. So saß sie ein Weilchen, um zu verschnaufen, indes wir Kinder uns in einiger Entfernung von ihr – denn wir fürchteten uns ein bisschen vor ihren Flöhen und Läusen, die sie sich beim Erzählen kratzte – auf

Strohbosen, umgestülpten Körben und Eimern, ausgebreiteten und aufgeschichteten leeren Säcken unsere Zuhörerplätze suchten.

Ihre Augen musterten uns mit Blicken, in denen Neugierde, etwas wie heimliche Angst und eine merkwürdige Kälte beisammen waren. Wenn es nun aussah, als ob sie endlich richtig säße, fing sie aber immer noch nicht an zu erzählen, sondern sie holte das kleine Röllchen Kautabak aus seinem Versteck zwischen Kiefer und Backen hervor und schob statt seiner eine Pfeffernuss oder ein anderes ihr von der Mutter gegebenes knuspriges Gebäckstück ein.

„Schmeckt's gut?", fragte Andereeschen in dem ihm eigenen gar gutmütigen Tonfall seines Stimmchens.

„Ja", erwiderte die Alte, „den reichen Leut' ihr Sach schmeckt alleweil gut!" Halb war's ein Kompliment, halb giftiger Neid; damals wusste ich das nicht, fühlte aber eine gewisse Zweideutigkeit in den Worten, denen stets ein Geschnuffel mit der Nase folgte. Ich wagte aber nicht zu sagen, dass wir nicht reich seien, und schaute nur fragend das Andereeschen an.

„Na ja, wenn's Euch nur gut schmeckt, Bas Queinzern", meinte das Kind aneifernd, „dann eilt Euch ein bisschen, dass Ihr uns erzählen könnt!"

Wenn sie das Guts verschluckt hatte, schaute sie verloren in das trübrötliche Licht der Stalllaterne, als ob sie sich auf das besänne, was sie erzählen solle. Dabei leckte sie den Mund, indem sie die Zunge, die, schmal und spitz, so listig aussah wie ihre Augen, zwischen den Zahnlücken hindurch schob, wie um sie an den braunen Stummeln zu wetzen.

„Ja, Kinder", sagte sie nach einer Weile, „heut jährt sich die Nacht, da unser Heiland geboren worden ist …" Dann schwieg sie wieder, starrte über uns kleine Zuhörer hinweg und murmelte ein Stückchen später: „… jährt sich die Nacht" – dies in einem Ton, der den Worten eine andere Bedeutung zu geben schien als vorher.

„Wart ihr unterm Jahr denn auch alle brav, dass das Christkind euch heut was bescheren kann?", stellte sie die Zwischenfrage und lauerte mit ihren Wusselaugen die einzelnen Kinder ab, die unter diesen Blicken scheu einer Antwort auswichen, bis auf Andereeschen, das mit dem Gleichmut seines seltsamen Wesens klug erwiderte: „Sie waren alle grad noch so brav, dass das Christkind sie nit vergisst!" –

„So ist's recht!", gab sich die Alte zufrieden, belauerte aber das Kind besonders scharf und schien dabei in innere Unruhe zu kommen. Dann erzählte sie von Josefs und Mariens beschwerlicher Fahrt nach Bethlehem und allen Ereignissen dort.

Am liebsten aber hörten wir von der Queinzern immer das, was noch heutigentags zur Erinnerung an die Geburt unseres Herrn mitten in der Weihnacht Wunderbares geschehe. Punkt zwölf verwandele sich in allen Erdenbrunnen das Wasser in Wein, in einen so edlen, wie er in ganz Rheinhessen und im Rheingau dazu nicht wachse. Alle Tiere könnten sprechen und sich miteinander unterhalten und sagten dann eins zum andern mit einem tiefen Seufzer: „Ach, wenn's nur schon wäre, dass der Heiland Jesus Christus wiederkäme und bliebe die tausend Jahr, die nicht alle werden; da sind wir Tiere dann auch dabei und unsterblich!" Und dieses Wunder bleibe so lange, wie die Engel brauchten, das Gloria in excelsis zu singen. Einmal entfuhr es da dem Georg Gronauer, einem älteren Bruder von Andereeschen, er werde sich von seinem Vater wecken lassen, um an diesem großen Erlebnis teilzuhaben. Da hefteten sich die Blicke der Alten auf den Verwegenen und huschten, als ob sie tausend magische Kreise um ihn spinnen wollten, und sie fuhr ihn an: „Was, du Frecher, so ein heilig Geheimnis willst du belauern? Und weißt nicht, dass unser Herrgott es zeigt, wem er will, und der muss erst ein Sonntagskind und dazu in der Weihnacht genau um zwölf Uhr geboren sein!" Dann sagte sie noch, es solle keinem einfallen, so ein Heiliges neugierig bespähen zu wollen, was schon deshalb ein unsinnig Unternehmen sei, weil es mit der Himmelsuhr und der Erdenuhr ein sonderbares Ding sei; die gingen nicht mehr genau miteinander, seitdem Christus glorreich in den Himmel aufgefahren sei.

Da schwiegen alle kleinlaut still. Trotzdem wollte sie von Andereeschen, den sie mit teils angreifenden, teils angstvollen Blicken anschaute, eigens noch einmal versichert haben, dass ihn nicht gelüste, zur Weihnachtsmitternacht in Hof und Stall zu gehen. Dabei redete sie den Bub aber Anton an; so hatte dessen verbrannter Großonkel, dem er ähnlich sehen sollte, geheißen.

Andereeschen sagte, den fahlen Schimmer im Auge: „Es hat nicht jeder Weihnachtsuhren. Aber, Bas Queinzern, seit der Heiland in den Himmel gefahren, stimmen die Welt- und Himmelsuhr beinah; und wenn er das Jüngste Gericht gehalten hat, gehn sie ganz genau miteinander!"

Die alte Queinzern, als sie zum letzten Mal im Stall bei uns gewesen ist, da ist sie mit dem Erzählen nicht so weit gekommen. Schon beim Überschreiten der Stallschwelle beim Eintritt hatte die Alte mehr Mühe als früher. Ihr Bild, wie sie mit gebeugtem Rücken die zu langen Röcke etwas in die Höhe hob, um den steigenden Fuß nicht in eines der vielen Rocklöcher zu stellen und dadurch zu stürzen, war uns durch jahrelangen Anblick so vertraut geworden, dass wenigstens den Älteren unter uns die Veränderung auffiel. Diesmal achtete sie nämlich nicht auf ihre Röcke, sondern sie hob die Hände greifend in die Höhe, sodass man den braunen, mageren Arm wie den schon von der Rinde entblößten dürren Ast eines ersterbenden Baumes über den zurückfallenden weiten Ärmeln sehen konnte, umkrallte den Pfosten der Stalltür mit beiden Händen und zog den Körper auf die Schwelle nach. Diesmal brauchte sie auch länger, um sich zu verschnaufen, und mitten unterm Erzählen, gerade als sie die etwas anderes als die Geburt Christi bedeutenden Worte „Jährt sich die Nacht" murmelnd wiederholt hatte, brach sie plötzlich ab und tat, als ob sie auf etwas lausche, was in ihr selber vorgehe. Dann reckte sie den gebeugten, krummen Rücken gerader, als man glauben mochte, dass sie es fertig bringe, so, als ob sie schnell davonlaufen wolle, sank aber wieder zusammen. Ihr Gesicht wurde fahl, die vielen Furchen und Runzeln waren seltsam schattig, die Nase wurde lang und spitz und sehr weiß; die vor den Knien gefalteten Hände lösten sich, die Arme fielen schlaff zur Seite, und während sie einen halblauten Schreckenslaut tat, sank sie hinterrücks wider die Stallwand.

Die Kleinsten unter uns fingen zu weinen an, andere schauten hilflos drein, und nur die Ältesten wagten, sich der alten Frau scheu zu nähern und fragten, was ihr sei. Zuerst bewegte sie nur die Lippen, ohne ein Wort formen zu können; dann flüsterte sie: „Mir ist's ganz schwach im Herzen; ruft euren Vater!"

Als sie das Andereeschen unter uns Nähergetretenen erblickte, machte sie mit gespreizten Fingern eine abweisende Handbewegung und sagte, wieder mit der Namensverwechselung: „Geh, Anton, ich kann dich nit sehen!"

Gerade wie wir aus dem Stalle traten, kam Vater Gronau-

er mit der Fuhre voll leerer Milchkannen zum Hofe herein-
gefahren. Wir berichteten ihm den Vorfall mit bestürzten
Stimmen und übersprudelnden Worten. Vater Gronauer
aber blieb gleichmütig und meinte nur, während er seiner
Frau aus den Decken und vom Wagen herunterhalf: „Das
arm alt Tier wird nix zu fressen gehabt haben!"

Dann spannte er den Gaul aus, schirrte ihn ab und ging
hinter ihm drein in den Stall. Während sich der alte Schimmel allein in seinen Stand fand, schaute sein Herr, über den
Schnurrbart streichend, nach der Alten, beugte sich zu ihr
nieder, indem er dazu sagte: „Na, Bas Queinzern, ist's Euch
herzmatt geworden? Wartet, ich bringe Euch ein Häfelchen
Wein, dann wird's Euch wieder besser!"

Zunächst schien es wirklich, als wollte der Wein der
Kraftlosen rasch wieder aufhelfen. Sie machte bald den
Versuch, sich aufzurichten und von dem Stoßtrog herunter-
zurutschen, vollendete ihn aber nicht, sondern ließ sich seit-
wärts in Ellebogenstütze gleiten, atmete hastig und brachte
stoßweise hervor: „Mein Herz klopft rasend schnell, kaum
dass ich Luft kriege!"

Vater Gronauer breitete einige Säcke auf den Trog, eine
höhere Schicht als Kopfkissen an dessen Ende, und legte die
Alte darauf mit den Worten: „Ruht eine Weile, Bas Queinzern, dann könnt Ihr wieder weiter!" Aber sie wollte nicht
flach liegen. Da stopfte ihr der Mann weiches Heu unter den
Rücken, sodass sie mehr saß als lag. Danach hieß er uns, auf
die alte Frau Acht zu haben und ihr zu Willen zu sein, ging
wieder hinaus und machte sich an das Abladen seines
Wagens.

Wir saßen und standen indessen ängstlich bei der Kranken
und fragten sie von Zeit zu Zeit, teils um ihr dienstlich zu
sein, teils um aus dem lebendigen Klang unserer Stimmen

Mut zu schöpfen, ob sie noch einmal Wein trinken wolle. Die Alte schüttelte aber immer verneinend den Kopf. So war's still im Stall bis auf kurze Bewegungen der Kühe mit den Ketten oder das Herabplatschen ihres Mistes in das Stroh auf dem Boden oder ein knappes, von der Streu gedämpftes Gestampfe des Schimmels, die Mahlarbeit seiner Zähne im vorgeschütteten Hafer und das Klirren und Rappeln der Arbeit von Vater Gronauer draußen. Wir waren froh, als er wieder hereinkam.

Andereeschen sagte: „Vater, sie redet garnix!" Der Mann steckte unschlüssig die Hände in die Hosentaschen; in seinem Gesichte war jetzt aber auch ein unwilliger Zug. Er wandte sich der Alten zu und sagte: „Bas Queinzern, könnt Ihr jetzt herunter, ich müsst an den Stoßtrog, das Futter herausholen!"

Die Queinzern schüttelte wieder den Kopf und antwortete immer noch flüsternd: „Noch nit, ich tät zusammenfallen, ich spür's!"

Vater Gronauer runzelte die Stirn, sagte dann aber doch gleichmütig: „Na, dann bleibt noch eine Weil; ich miste zuerst!"

Er tat das. Dabei öffnete er eine kleine Luke, die unmittelbar zur Mistkaute im Hof führte. Es strömte kältere, frische Luft in den Stall und verdrängte die Dumpfe. Als zuletzt die Strohschütte erneuert war, roch es sogar sauber und behaglich. Die Kranke kräftigte das offensichtlich. Trotzdem verweigerte sie abermals das Aufstehen.

Nun fuhr Vater Gronauer sie etwas hart an: „Aber Ihr könnt doch die Nacht nit da verbringen. Bas, das geht doch nit!"

Da fing die Queinzern an zu greinen und zu wimmern und schließlich tat sie auch den Mund auf, um zu schimpfen:

„Ihr schrohen, groben Bauern gönnt einer armen alten Bettelfrau noch nit ein Lager im Stall, und wenn sie verrecken müsst. O ihr reiches Lumpenpack, dass ihr doch wärt, wohin ihr gehört! Wenn Ihr wüsst', wie gern ich grad aus dem Stall da fortlaufen möcht!" Und was sie sonst noch mehr zornig als wehleidig hervorzischte, und doch auch wieder so, als wolle sie etwas hinter dem Zorn ängstlich verbergen. Aber das regte sie so sehr auf, dass sie bald wieder einen Schwächeanfall bekam.

Vater Gronauer war wieder versöhnt und flößte der Alten etwas Wein ein. Plötzlich stieß sie das Glas von den Lippen und sagte in großer Angst: „Vetter Gronauer, es ist so: Ich muss sterben. Heunt noch. Ich spür's. Holt den Pfarrer!"

Jetzt war der Mann doch sehr betroffen, ja erschrocken. Er trat ein wenig zurück, betrachtete die Kranke, holte die Stalllaterne herbei, hielt sie über sie und schaute noch genauer zu. Es sah aus, als ob die Queinzern Recht habe. Die Nase war noch schmäler und spitzer und wachsgelb geworden, und um den Mund huschte es merkwürdig schattig; auf der Stirn stand Schweiß. Trotzdem versuchte Vater Gronauer einen Scherz und sagte: „Ihr wollt gar auf Weihnachten sterben? Das hebt man sich auf bis zuletzt!"

Die greise Bettlerin gab keine Antwort mit dem Munde, aber mit den Augen. Da ging der Mann und holte seine Frau. Die machte sich mütterlich mitleidig an das arme Sterbelager und sprach gütig ermutigend zu der Alten, doch überzeugte sie sich auch, dass es hier zum Letzten gehe. Mit bekümmerter Miene entfernte sich die Frau und kehrte bald mit meinen Eltern zurück. An dem Kleide meiner Mutter hingen einige von den Silberfäden, mit denen man die Christbäume schmückt.

Nun wurden wir Kinder fortgeschickt. In der Stube

drängten wir uns an das Fenster, das nach der Stalltür ausschauen ließ. Wir sahen meinen Vater fortgehen. Dann geschah eine längere Weile nichts, als dass es dunkler wurde. Das Christkind hätte jetzt kommen oder schon da sein müssen, wenn die Queinzern nicht hätte sterben wollen.

„Wenn sie wirklich stirbt", sagte das Andereeschen, „braucht sie gar nicht zu warten bis im Himmel: Heunt begegnet sie dem Christkind unterwegs, und es nimmt sie gleich mit!"

Auf einmal schauerten wir zusammen: Von ferne kamen silberne Töne, immer einzeln angeschlagen, wie kostbare Tropfen spärlich fallen. Jetzt mussten sie vorn im Hofe sein. Zartes, reines Klingling. Und nun gingen draußen dreie vorbei, hintereinander her: Vorn der Glöckner Gumbel in seiner langen Kutte, barhäuptig; in der Hand hatte er die vergoldete Laterne für den Versehgang mit der kleinen brennenden Wachskerze hinter den blanken Scheiben und dem silbernen Glöckchen als Krone zwischen dem Griff. Danach der Priester im weißen Chorhemd; ehrfürchtig trug er ein weißes, glänzendes Seidenmäppchen mit beiden Händen vor der Brust. Hinter ihm ging mein Vater her, hielt die Pelzkappe in den vor dem Leib gefalteten Händen und hatte den Kopf etwas geneigt.

Da rief eines der größeren Kinder: „Die heilig Wegzehr für die Queinzern! Hinknien, ihr Kinder, und an die Brust klopfen!"

Da knieten die Kinder und senkten die Köpfchen wie die Blumen, über die ein zarter Wind weht. Das Andereeschen flüsterte scheu, aber laut genug, dass es alle hören konnten: „Das Christkind!"

Nicht lange, nachdem der Priester den Stall betreten hatte, kamen unsere Eltern daraus hervor, auch der Glöckner.

Der blieb im Hof und ging, die Hände zwischen den Seitenschlitzen der Kutte in den Hosentaschen, in einiger Entfernung von der Stalltür auf und ab, während die Eltern in tiefem Ernste zu uns in die Stube traten. Die Lippen der beiden Mütter bebten, die Kleinsten trippelten zu ihnen. Mein Vater ließ sich das Gesangbuch geben, schlug es vorne auf, hieß uns niederknien, horchen und in Gedanken mitbeten, was er vorbeten werde.

„O barmherziger Gott, o huldreicher Gott, o Gott, der du nach der Menge deiner Erbarmungen die Sünden der Büßenden tilgest und die Schulden vergangener Laster durch gnädige Nachlassung hinwegnimmst, blicke gnädig herab auf diese deine Dienerin, die Queinzern, erhöre ihr Flehen und unseres, da sie aus ganzem Herzen alle ihre Sünden bekennt und dich um Vergebung darum bittet …"

Nach meinem Empfinden hatte der Vater schon eine geraume Weile gebetet – wenigstens schien es mir so; vielleicht war es aber auch nur, weil ich so sehnsüchtig darauf wartete, dass das Christkind für uns läute und uns zu seinen Gaben rufe –, da trat Glöckner Gumbel in die Stube und sagte, die Queinzern möchte gerne die Kinder um sich haben, wenn's den Eltern recht wäre. Der Pfarrer habe nichts dagegen, zumal er meine, dass sich die Queinzern wieder ein wenig erholt habe und sie sich von der Unschuld der Kinder einen Schutz vor dem Andrang der bösen Gedanken verspreche. Da gingen die meisten mit den beiden Vätern und meiner Mutter wieder hinaus in den Stall. Nur zwei oder drei Ängstliche wollten haben, dass Mutter Gronauer mit ihnen in der Stube bleiben möchte. Andereeschen fragte die Mutter, ob er wieder mitgehen dürfe, wenn ihn die Bas Queinzern auch verjagt und Anton zu ihm gesagt habe.

„Geh du nur, mein Bub!", antwortete die Gronauerin.

Ein wenig beklommen, ein wenig neugierig gingen wir in den Stall. Die Ecke, in der die alte Queinzern lag, war jetzt vom übrigen Stalle abgetrennt durch das Erntewagentuch, das vom Boden fast bis an die niedrige Stalldecke reichte und von einer Wand schräg hinüber zur andern gespannt war, sodass wir uns nach unserm Eintritt in der Stallecke wie in einem dreieckigen Zelte befanden. Im Übrigen war alles noch wie zuvor; nur ein kleines, weiß gedecktes Tischchen war hinzugekommen. Darauf stand zwischen zwei brennenden Kerzen Gronauers goldenes Kruzifix, dessen gewöhnlicher Platz auf der Kommode in der guten Stube war. Vor dem Kruzifix lag jenes weißseidene Mäppchen, das der Priester vorhin vor der Brust getragen, rechts und links davon zwei Gläser mit Wasser – dass in dem einen Weihwasser war, sah man an dem Buchszweiglein darin –, davor wieder ein Teller mit Wattebäuschen und einem Stück krustlosen Brotes, auf der anderen Seite ein Handtuch. Neben dem Kopf der Queinzern kniete der Pfarrer auf dem Polsterschemelchen aus der guten Stube und betete ihr halblaut vor. Sie hatte die Augen geschlossen, stöhnte aber, hustete, wimmerte und winselte.

Als sie das Geräusch unserer Schritte hörte, öffnete sie die Augen und lauerte uns der Reihe nach ab. Das Andereeschen konnte sie nicht sehen, weil es sich hinter meine Mutter gestellt und so verborgen hatte.

Die Queinzern aber sagte: „Wenn die Engel um mich stehen, kann der Teufel nicht herbei und mich nicht holen!" Da erschraken wir Kinder und schauten uns furchtsam an.

Der Priester jedoch erwiderte: „Macht die Kinder nicht schreckhaft, Queinzern. Wenn ich's sage, ist es so: Ihr habt gebeichtet und müsst auf Gottes Barmherzigkeit vertrauen. Das könnt Ihr auch; er zeigt Euch deutlich seine Gnade, indem er Euch eine gute Sterbestunde gibt und sie auf den Heiligen Abend verlegt. Beruhigt Euch jetzt, damit das Husten und Stöhnen aufhört und ich Euch die heilige Wegzehr reichen kann; da kommt das Christkind wahrhaftig in einen Stall, wo es auch dereinst geboren worden ist, zu Euch ins Herz. Eure Seel ist jetzt aber kein Stall voll Unrat mehr!" Der Priester war ein Bauernpfarrer.

Aber die Alte mochte sich nicht beruhigen. Sie sprach in Abschnitten, jedes Mal, wenn sie sich nach einem Schluck Wein und einigen Atemzügen Schweigen wieder etwas erholt hatte. Da sagte sie, dass auf sie nicht der Spruch des Heilandes passe, aus dem man glauben könne, ein Armer gehe leichter ins Himmelreich ein als ein Reicher. Zwar sei sie nicht reich an Geld, aber an Sünden und Lastern. So viel Neid sei bei ihrer Armut gewesen, dass sie ganz ausgezehrt und verhutzelt davon sei; und faul sei sie davon geworden, und nicht nur eine Bettlerin, sondern eine Diebin, die jetzt nicht einmal das Geringste zurückerstatten könne. Auch nicht dem Vetter Gronauer, dessen Hof durch seine Abwesenheit unter Tag besonders ungeschützt sei, sodass sie gar manchmal die Eier ausgehoben habe.

„Ach, Bas Queinzern", beruhigte Vater Gronauer die Alte gleichmütig, „davon sind wir nicht arm geworden, es sei Euch nachträglich gegönnt; wir nehmen's Euch nit übel, und so soll's Euch, wenn's eine Sünde ist, unser Herrgott verzeihen."

Statt dass solche Güte die Reuige beruhigt hätte, heulte sie spitz auf; das war so schauerlich anzuhören, dass wir Kinder vor Entsetzen zurückwichen und aus unserem Dutzend noch zwei, drei zu Mutter Gronauer in die Stube flüchteten.

„Das ist noch nicht alles, was war", wimmerte sie und schwieg dann eine Weile erschöpft. Diese Pause nutzte der

Priester, um wieder auf sie einzusprechen, im Tone wechselnd gütig mild und männlich straff. Sie habe ihm an Gottes Statt gebeichtet und es sei alles gut, und sie brauche jetzt nicht ihre Sünden da vor unschuldigen Kindern auszuspeien; dafür habe er nicht ihrem Wunsche entsprochen und uns herkommen lassen.

„Er muss es wissen", erwiderte sie unheimlich und wiederholte es einige Male wie in verbissener Wut, „es lässt mir keine Ruh!"

Und dann auf einmal brach es los. Sie wendete ihre Blicke Vater Gronauer wieder zu, ließ sie nicht von ihm los und sagte ihm, das sei geschehen, noch ehe er auf der Welt gewesen. Allein er und alle, selbst die Kinder wüssten's, weil auf Menschengeschlechter hinaus im Dorf die Erinnerung bewahrt bleibe an jenen schauerlichen Brand, der in der Heiligen Nacht begonnen, mehrere Tage gewütet, weil die Brunnen bei der strengen Kälte jener Tage wenig Wasser gehabt, und einen großen Teil des Dorfes in Schutt und Asche gelegt habe. Und wo habe jener Brand seinen Herd gehabt? In diesem Hofe da, den Vetter Gronauer von seinem Vater geerbt habe. Da in der Ecke, wo sie jetzt liege, sei der Eingang zu dem Heuschuppen gewesen, der an des Stalles Stelle damals gestanden habe. Und hier, genau hier, wo der Herrgott sie zusammengeknickt habe wie ein abgebranntes Streichholz, habe sie und niemand anders den Brand angelegt.

Bei diesem Bekenntnis wurde Vater Gronauer fast so bleich wie die Sterbende, fuhr zurück und setzte sich, mit den Händen vorm Gesicht, auf einen Bosen Stroh. Mein Vater pfiff leise zwischen den Zähnen hindurch.

Getan habe sie es aus Rache dafür, dass Gronauers Großvater nicht sie, schöne Tagelöhnerin und Bettelmädchen, sondern eine reiche Bauerntochter geheiratet habe, obwohl er doch gewusst, wie sehr sie ihn, wenn auch heimlich vor den Leuten, lieb gehabt habe, und wie ihm das recht gewesen sei. Der Verdacht sei nicht auf sie gefallen, weil der Einzige, der etwas habe ahnen können, geschwiegen habe, und der Einzige, der etwas wirklich habe aussagen können, mitverbrannt und dadurch noch gar in den Verruf gekommen sei, der Brandstifter zu sein, nämlich der im Kopfe nicht beisammen gewesene Bruder von Gronauers Großvater (eben jener, als dessen zweites Bild oder gar Wiedergeburt das Andereeschen von vielen und auch von ihr angeschaut wurde). Zu ihrem Entsetzen sei der ihr begegnet und habe sie leise gefragt, ob sie auch gekommen sei, um von dem Wein zu verkosten, in den in der Christnacht das Brunnenwasser verwandelt werde. Er hätte es auch einmal probieren wollen, aber die Pumpe sei eingefroren, obwohl man sie mit Stroh umstellt habe. Und dort solle sie mal hinschauen, ob im Schuppen kein Christbaum brenne. Richtig, habe sie geantwortet, das könne aber doch gefährlich werden, und habe ihm einen Eimer mit einem Eisblock eingefrorenen Wassers gegeben; den solle er an den Christbaum im Schuppen halten, bis er aufgetaut sei, und dann Acht geben, dass ja das Heu nicht angehe … Und dann könne er ja auch einmal schmecken, ob das Wasser Christnachts-Wunderwein geworden.

Sie schwieg wieder und schaute unverwandt auf Vater Gronauer, der stumm mit verborgenem Gesichte dasaß. Nach einer kurzen Weile fragte sie: „Kannst du, sein Sohn, kein Wort für mich finden?"

Da stand der getroffene Mann auf, gab der Sterbenden die Hand und sagte: „'s ist Christabend heut, ich habe nicht zu richten. Wenn mein Vater geahnt, wie die Sache war, und doch geschwiegen hat, hat er gewiss verziehen; was soll ich da anders tun, als Euch nichts anrechnen?! Der Vater hat's schwer gehabt, wieder einigermaßen heraufzukommen danach; aber es ist ihm geglückt. Unser Herrgott soll Euch gnädig sein, Queinzern; darum wollen wir beten." Darauf kniete er sich unter uns.

Die Queinzern aber sagte noch, fast vierzig Jahre lang habe sie ihre Todsünde mit sich herumgeschleppt; immer zur Christnacht habe es sie an den Ort der Tat gezogen, und sie sei dann herumgestrichen, bis man sie, oft misstrauisch, davongejagt. Erst als die Kinder da und größer gewesen, sei der Vater Gronauer milder geworden, weil sie den Kindern erzählt und die Zeit bis zur Bescherung vertrieben habe. Eine solche verstockte Heuchlerin und Sünderin sei sie gewesen, dass sie den Kindern, ohne ihr Bekenntnis mit hinauszuschreien, von dem Wunder der Weihnachtsnacht, wodurch das Wasser sich in Wein verwandele, habe erzählen können ...

Da fuhr das altkluge Andereeschen dazwischen: „Das war immer das Schönste, Bas Queinzern!"

Die Alte sah das Kind scharf und wie freudig an; plötzlich wandelte sich dieser Ausdruck in Entsetzen und sie wimmerte: „Das ist ja der Verbrannte!" In Andereeschens Augen war jetzt wieder das fahle Licht der Ahnung eines tieferen Verständnisses und zugleich die unschuldige Helle tiefer Harmlosigkeit; den anderen jedoch schauerte es kalt den Rücken hinunter, dass sie leise bebten.

Der Priester aber sagte jetzt kräftig: „Und wären Eure Sünden rot wie Purpur und so zahlreich wie der Sand am Meere, so sind sie Euch vergeben!"

Allein die Sterbende wimmerte ungläubig und winselte: „Wenn ich's glauben könnt, dass mir verziehen wär. Kein Wasser verwandelt sich für mich in Wein!"

„Mehr als nur das", entgegnete der Priester, „Wein hat sich für Euch in Blut verwandelt und Brot in den wahren Leib …" –

„… und dann ist es das Christkind", sprach Andereeschen altklug mit hinreißend unschuldiger Gläubigkeit den Satz zu Ende.

„Wenn's zu mir kommen wollt, sichtbar", wimmerte die Queinzern; ihre huschenden Augen suchten die Gesichter der Umstehenden ab.

„Es kommt!", sagte der Priester stark und segnete der in ihrer Todesangst sich Verzehrenden Haupt und Herz mit dem heiligen Kreuzzeichen. Gerade zuvor war das Andereeschen durch den Spalt zwischen Wagentuch und Wand aus dem Sterbezelt der alten Queinzern hinausgeschlüpft. Sie hatte die Augen geschlossen; ihre Brust ging hoch in schwerem Husten und Seufzen.

Der Priester sprach ihr wieder zu: „So, Queinzern, jetzt sind wir mal ganz ruhig, reden nichts mehr, bitten Gott inwendig noch einmal um Verzeihung und beten: Ich glaube und empfange die heilige Wegzehr!" Dann betete er noch einmal laut wechselweise mit uns anderen. Gerade war er danach zu dem Tischchen getreten, hatte die heilige Hostie bereitgelegt und der Glöckner hatte das Confiteor zu beten begonnen, als plötzlich das Andereeschen wieder unter uns stand und einen Anblick gewährte, bei welchem dem Küster das Wort im Munde abbrach, wir anderen scheu zurückwichen und dem Geistlichen ein Staunen ohnegleichen im Gesicht stand.

Andereeschen hielt vor seiner Brust ein süß lächelndes, in Windeln gewickeltes Kind, als ob er eine strahlende heilige Monstranz in den Händen trüge. Des Kindes Blondköpfchen lag unter Andereeschens Kinn, sodass die beiden Kinderantlitze übereinander schwebten wie zwei Blüten an einem Stängel. Ohne Scheu, im schmalen, blassen Gesichtchen den Zauber von Harmlosigkeit und von Feierlichkeit aus Erregung über das eigene Tun, schritt er zur Queinzern hin, blieb vor ihr stehen und sagte ein wenig zitternd und doch mit starker Stimme: „Das Christkind!"

Offenbar nichts anderes als der Wunsch der Alten, das Christkind leibhaftig zu sehen, hatte dem Bub den Himmelseinfall gebracht, aus der schon aufgestellten Weihnachtskrippe in der ganz nahen Dorfkirche die Gestalt des Christkindes zu holen und der Sterbenden zu bringen. Diese schlug auf des Kindes Worte hin die Augen auf, und als sie das Wunder vor sich sah, ging ein Schrecken durch sie, dass ihr Gesicht erstarrte, als ob sie schon gestorben wäre. Dann schrie sie auf: „Was ist das? Das Christkind? Anton, der Verbrannte?"

Andereeschen, das Abbild des Verbrannten, blieb reglos feierlich wie ein kleiner Priester vor der Alten stehen und wiederholte die beiden Worte: „Das Christkind!"

Die Queinzern streckte auf einmal die Hand aus und griff nach dem Arm des kleinen Knaben, und indem sich die Starrheit ihres Gesichtes löste, ging durch die Augen das Licht auch eines geistigen Begreifens. Da sagte sie erschüttert: „Wie ist das alles? Anton, bist du's selbst oder hast du den Bub da als Abbild deiner und als Erlöser für mich geschickt mit dem Erlöser? Ach!" Sie schloss die Augen wieder.

Nun schaute sich Andereeschen auch nach uns um und machte eine hilflose Gebärde. Rasch trat die Mutter zu dem Priester, flüsterte ihm einige Worte zu, nahm das Kind samt dem Jesuskind auf den Arm und verließ die Stallecke, gefolgt von ihrem Mann. Draußen aber vollendete ihre Liebe und ihre entzündete Einsicht, was die Einfalt des Knaben begonnen.

Als nach einer kleinen Weile die Queinzern die Augen wieder aufschlug, sagte sie seltsam: „Dort oben wird's ja hell!" Wir sahen hin, ich auch, obwohl ich zunächst gedacht hatte, das sei eines von jenen Todesgesichten, die Sterbende haben. Aber es war wirklich hell an der Stalldecke, viel heller, als unsere Stalllaterne mit dem trüben Steinöllicht machen konnte. Noch ehe wir aus dem Staunen herauskamen, befiel uns schon Neues dazu: Das Glöckchen, das uns zur Bescherung rief, läutete ganz nah, gleich hinterm Wagentuch. Da griff Vater Gronauer hinauf an den Kloben, an den er das eine Ende gehängt hatte, hob es ab und ließ es beiseitefallen …

Ein starker, freudiger Glanz von Licht strömte von einem unerhörten Bilde zu uns her. Über den Köpfen der Kühe, im Reff, war unser Christbaum mit den vielen brennenden Kerzchen und den glitzernd weißen und silbernen Kugeln aufgestellt und unter ihm in der Krippe auf einem Bündel Heu lag das Jesuskind. Die Mutter beugte sich seitlich darüber und ordnete noch ein wenig an dem Heu. Andereeschen kniete auf der anderen Seite der Krippe mit den Mienen eines anbetenden Engels. Mein Vater, nahe der Mutter, und einige Nachbarburschen, als ob's die Hirten von Bethlehem wären, gerade so erstaunt waren ihre Gesichter über das merkwürdige Erlebnis, zu dem sie berufen waren, waren dabei, die Kühe davon abzuhalten, mit den Köpfen zu nahe an das göttliche Kind heranzudrängen – nur der Hauch ihrer Mäuler dampfte darüber hin.

Zuerst war alles ganz still, gebannt von dem seltsamen, lieblichen Anblick. Auch die Sterbende schaute unverwandt hinüber. Dann brach sie in kurzes, erlösendes Weinen aus, während wir Kinder aus der Ecke hinaus in den Mittelgang traten, um näher bei der Lieblichkeit zu sein.

„Singt, Kinder, singt!", rief uns der Vater leise zu. Aber ehe es dazu kommen konnte, sprach die Queinzern mit einer Stimme, die ganz anders war als zuvor, als seien zersprungene Scherben, die sie misstönig gemacht hatten, von ihr abgesplittert. Man merkte, dass die letzten Zweifel der Reuigen hinweggeweht waren.

„Ihr guten Menschen", sagte die Queinzern, „jetzt brennt ein wirklicher Christbaum da, wo ..." Es zuckte sehr weh um den eingefallenen Altweibermund und aus den matter werdenden Augen brachen zwei schwere Tränen. „Und da, wo ... da liegt das Christkind, und nebendran ... der Anton!" Wie vorhin trat es um den Mund und aus den Augen. Dann drehte die sterbende Bettlerin die Blicke zu dem Priester und bat um die heilige Wegzehr. Glaube, Hoffnung, Liebe, Reue und Anbetung sprach sie ihm mit einer zwar stockenden, aber innerlich klaren, von nüchterner Bereitschaft festen Stimme nach.

Während der Geistliche vor dem Tischchen kniete und Glöckner Gumbel das Confiteor betete, sagte sie: „Was unser Herrgott binnen kurzem an Strafen über mich verhängen will, das nehm ich im Voraus als mehr wie zehnmal verdient an!"

Wir Kinder aber sangen in das Confiteor hinein „Stille Nacht, heilige Nacht" und unterbrachen unseren Gesang nur, als der Priester uns die von Christbaumlicht durchstrahlte heilige Hostie emporhielt, bevor er sie der sterbenden Queinzern, die laut und deutlich „Mein Christkind Jesus!" als ihr Letztes sagte, über die bebenden Lippen hinweg auf die Zunge legte. Da knieten wir nieder und klopften zu dem Klange des Wegzehrglöckchens dreimal an die Brust. Hernach sangen wir, uns wieder dem Christbaum zuwendend, weiter. „O du fröhliche ..." Bei dem Versteil: „Welt war verloren, Christ ward geboren, Freue dich, o Christenheit" fiel es dem Andereeschen ein, mit harmlosem Gesicht kindlich zu singen: „Freue dich, freue dich, Bas Queiheinzern!"

Als wir daraufhin wieder einmal hinüberschauten, war schon das Wagentuch ganz über sie gedeckt.

Mein Vater hob den Christbaum aus dem Reff und trug ihn voran, gleich hinter ihm in seinem Lichte schritt die Mutter, das Jesuskind scheu auf den Armen, dahinter gingen der Pfarrer und der Küster, an die sich alle Übrigen zu einer kleinen Prozession anschlossen, um das Jesuskind wieder in die nahe Kirche hinüberzubringen. Als es gebetet war, beteten wir noch ein Vaterunser für die Seelenruhe der toten Queinzern.

Auf dem Heimweg hatte Vater Gronauer seinen bäuerlichen Gleichmut schon wiedergefunden. Vor dem Abbiegen in die Seitengasse, wo die Totenfrau wohnte, blieb er noch einen Augenblick bei meinem Vater stehen und sagte: „Dieses alte Ripp hat doch ein zähes Leben gehabt. Einen andern hätt's zehnmal verschmissen in all der Zeit oder doch beim Geständnis das am letzten Bändel zappelnde Herz ganz abgedrückt, eh alles heraus war. Aber das war auch eine Gnad von unserm Herrgott. Jetzt hat sie's überstanden und in was für einer glückseligen Sterbestund. Gott geb ihr die ewige Ruh. Und dir, Schullehrer, wünsch ich gesegnete, frohe Weihnachten; es könnt sein, dass wir uns heut Abend nicht mehr sehen!"

Das Andereeschen aber hat von da ab im Dorfe als ein Gezeichneter gegolten. Als Auftragerfüller des Himmels genoss das Kind die scheue Ehrfurcht fast aller im Dorfe, denn es war sichtlich von Geheimnis umgeben.

So werde ich trotz Vater Gronauers nüchtern verwischendem Spruch den Tod der Queinzern beim Christkind im Stalle nie vergessen, zumal auch bald danach das Andereeschen still gestorben war, als ob es nur dazu auf die Welt gekommen gewesen wäre, dem Christkind bei einer alten Sünderin die Herzenskammertür zu öffnen, ihr damit zu einem in Gott geordneten Sterben zu verhelfen und der erlösten Reuerin das barmherzige Himmelstor leise, doch lichtmächtig aufzutun.

(Der Text wurde leicht gekürzt.)

Autorinnen und Autoren

ESCHSTRUTH, MATHILDE V.

Mathilde Hermine Adolphine Louise von Eschstruth wurde am 18.11.1839 in Kassel geboren. Ihr Vater war Rittmeister im kurfürstlich-hessischen Regiment Garde du Corps. Die früh sich zeigende Neigung zur Schriftstellerei wurde von den Eltern nicht gefördert. Schließlich legte Mathilde von Eschstruth das Lehrerinnenexamen für Höhere Töchterschulen ab und ging nach England, um ihre Sprachkenntnisse zu vervollkommnen. Nach Deutschland zurückgekehrt, begann sie zu unterrichten und zu schreiben. Eines nervösen Leidens wegen gab sie den Lehrberuf zugunsten ihrer literarischen Tätigkeit auf. Um Verwechslungen mit ihrer Verwandten Nataly von Eschstruth zu vermeiden, wählte sie das Pseudonym „M.(athilde) von Eschen". Sie war eine gläubige Christin und lebte im Hause ihrer Eltern in Kassel. Dort starb sie am 02.02.1929.

KNIES, RICHARD

Richard Knies wurde am 12.01.1886 in Offstein bei Worms geboren. Er war Beamter, dann Verlagsleiter und Schriftsteller in Mainz, wo er am 27.03.1957 starb.

OESER, HERMANN

Hermann Oeser wurde am 27.11.1849 in Lindheim (heute Ortsteil von 63674 Altenstadt) geboren. Er besuchte das Gymnasium in Gießen und studierte an der dortigen Universität 1868 bis 1873 neuere und deutsche Philologie. Danach arbeitete er als Hilfslehrer am Gymnasium in Gießen und wurde 1874 Gymnasiallehrer in Worms, trat 1879 in den badischen Schuldienst und wurde Professor am Lehrerinnenseminar in Karlsruhe. 1882 wurde er dort Direktor, nachdem er ein Jahr lang Direktor einer höheren Mädchenschule in Baden gewesen war. Er starb am 02.02.1912.

RUPPEL, HEINRICH
Heinrich Ruppel wurde am 08.11.1886 in Neukirchen bei Fulda geboren. Er war Taubstummenoberlehrer in Homberg. Er starb am 17.11.1974 in Ziegenhain (heute: Schwalmstadt).

SCHÄFER, WILHELM
Wilhelm Schäfer, aus einem Schwälmer Bauerngeschlecht stammend, wurde am 20.01.1868 in Ottrau als Sohn eines Häuslers und Bäckers geboren. Er verbrachte seine Jugend in Gerresheim bei Düsseldorf, besuchte von 1885 bis 1888 das Lehrerseminar in Mettmann, war dann bis 1891 Lehrer in Vohwinkel. Von 1891 bis 1896 lebte er in Elberfeld, anschließend unternahm er Reisen nach Frankreich und in die Schweiz. 1898 ging es als freier Schriftsteller nach Berlin, 1900 bis 1915 lebte er in Vallendar, wo er die Zeitschrift „Die Rheinlande" herausgab. 1915 ging er nach Ludwigshafen am Bodensee, 1918 nach Überlingen. 1924 machte ihn die Marburger Universität zum Dr. h.c. Wilhelm Schäfer starb am 19.01.1952 in Überlingen am Bodensee.

SCHREINER, ELISABETH
Elisabeth Schreiner war die Gattin des Pfarrers Wilhelm Schreiner. Genaueres ist über sie nicht bekannt. Über den Lebenslauf ihres Gatten, in dessen Buch ihre Erzählung erschienen ist, weiß man Folgendes: Wilhelm Ferdinand

Schreiner wurde am 21.07.1889 in Dillenburg geboren. Er studierte Theologie in Bethel, Halle/Saale, Tübingen und Marburg und wurde Hilfsprediger in Frankfurt am Main. Von 1916 bis 1924 wirkte er als Pfarrer in Hohenstein im Taunus, dann in Neumünster. 1928 bis 1932 war er Pfarrer in Bad Ems. Danach übernahm er eine Pfarrstelle in Düsseldorf, wo er am 12.06.1943 bei einem Fliegerangriff ums Leben kam.

SCHREINER, ERNST
Ernst Schreiner wurde am 09.03.1879 in Herborn geboren. Er war Buchhändler und wirkte in der Buchhandlung der Brüdergemeinde und im Morgenstern-Verlag in Korntal bei Leonberg/Württ., wo er am 16.12.1943 starb.

Heinz-Lothar Worm

Der Distelfink

168 Seiten, Gebunden,
ISBN 978-3-7655-1882-9

Auf seiner gestopften Hose prangen Flicken in allen Farben – „Distelfink" nennen ihn daher die Leute. Ludwig, der
Junge aus dem kleinen Taunusdorf, etwa zehn Wegstunden
von der freien Reichsstadt Wetzlar entfernt, lebt in ärmlichen Verhältnissen. Aber solange seine Mutter als Tagelöhnerin beim Bauern arbeitet und Metta, die Ziege, täglich
einen Krug Milch gibt, müssen die beiden keine Not leiden.

Marilis, das Nachbarsmädchen, ist schlechter dran. Die Waise wird von ihrer Patentante aufgezogen – mit bösen Worten
und nicht einmal genug zu essen. Ludwig spart sich vieles
vom Munde ab, um es ihr zu schenken. Als seine Mutter
krank wird und schließlich stirbt, reißen die beiden Waisen-
kinder aus …

BRUNNEN VERLAG GIESSEN
www.brunnen-verlag.de

Heinz-Lothar Worm (Hrsg.)

Das Brautpaar im Backtrog

… und andere Liebesgeschichten
aus alter Zeit

144 Seiten, Gebunden,
ISBN 978-3-7655-1923-9

Ein Dorf mitten in Hessen. Es gibt kein schöneres Liebes-
paar als Andrees und Anna, das wissen alle. Nur Andrees'
Vater will den beiden seinen Segen nicht geben. Denn: „Viele Brüder, schmale Güter" heißt es im Volksmund. Und was
wird Anna, die noch viele Geschwister hat, schon mit in die
Ehe bringen? Doch die jungen Leute lassen die Köpfe nicht
hängen – Wagemut, fester Glaube und Beharrlichkeit im
Herzen, ein alter Brauch im Dorf und ein großer Backtrog
verhelfen ihnen zum lang ersehnten Glück.

   Heinz-Lothar Worm hat für dieses Buch Liebesgeschichten aus dem alten Hessen zusammengestellt. Warmherzig
und humorvoll erzählen sie von Menschen, deren Leben von
festen Bräuchen und Traditionen geprägt war.

BRUNNEN VERLAG GIESSEN
www.brunnen-verlag.de